依据国家教育部和中央电视台
联合主办的《开学第一课》活动
"我的梦,中国梦"主题拓展原创版

假如风有颜色

中央电视台《开学第一课》编写组 编

时代文艺出版社

图书在版编目（CIP）数据

假如风有颜色／中央电视台《开学第一课》编写组编.—2版.
—长春：时代文艺出版社，2016.1（2023.7重印）
（开学第一课）
ISBN 978-7-5387-4916-8

I.①假… Ⅱ.①中… Ⅲ.①中国文学—当代文学—作品综合集 Ⅳ.①I217.1

中国版本图书馆CIP数据核字（2015）第257159号

出 品 人　陈　琛
责任编辑　孟宇婷
装帧设计　孙　利
排版制作　隋淑凤

假如风有颜色

中央电视台《开学第一课》编写组 编

出版发行／时代文艺出版社
地址／长春市福祉大路5788号　龙腾国际大厦A座15层　邮编／130118
总编办／0431-81629751　发行部／0431-81629755
官方微博／weibo.com／tlapress　天猫旗舰店／sdwycbsgf.tmall.com
印刷／北京市一鑫印务有限公司
开本／710mm×1000mm　1／16　字数／120千字　印张／12
版次／2016年1月第2版　印次／2023年7月第3次印刷 定价／36.00元

图书如有印装错误　请寄回印厂调换

《开学第一课》编委会

编委会主任：韩　青　许文广

主　编：许文广

副主编：卢小波

编　委：张雪梅　骆幼伟　张　燕　吴继红

　　　　刘翠玲　柏建华　孙硕夫　高　亮

　　　　夏野虹　禹　宏　刘　兴　邓淑杰

　　　　李天卿　曾艳纯　郜玉乐　孟　婧

《开学第一课》的价值

有人问我，《开学第一课》的价值体现在什么地方？我认为最重要的就是全社会希望并通过我们传递出来的价值观。多元是时代进步的标志，我们尊重不同的声音和价值理念，但是作为教育部和中央电视台联手举办的一项公益活动，我们要传递的是主流的、与时俱进又符合中华文明传统的价值观。

在2008年，我们通过《开学第一课》传递了抗震精神和奥运精神；2009年正值新中国60周年华诞，我们在象征着民族精神的长城，为孩子们播撒下爱的种子；2010年，我们告诉孩子们，一个拥有梦想的民族，一个不断仰望星空的民族，就是拥有未来的民族，人生的每一个阶段都需要梦想的指引、坚持和探索，而每个人的梦想汇集起来就可能成为国家的梦想、民族的梦想。

举办《开学第一课》三年来，我个人也有一个梦想，我梦想这项目光远大、朝气蓬勃的公益活动能够坚持举办十年，让它给这一代孩子的成长提供正面的、积极向上的力量，这就是《开学第一课》的意义所在。

我希望全社会的力量汇集起来，给孩子们一种价值观的教育，中央电视台愿意承担使命，连同教育部把这项公益活动做好。我们也欢迎全社会各界积极参与、支持，从出版、纸媒、网络、志愿行动、慈善事业等各个方面，加入到这个追逐共同梦想、打造恒久价值的公益活动中来。

由此，我亦十分高兴地看到《开学第一课》系列丛书的出版，我相信时代文艺出版社正是基于我们共同的理想，以出版的力量为孩子们的未来创造了更丰富的阅读食粮，为《开学第一课》的精神理念提供了更多样的传递方式。

中央电视台 许文广

目 录

第一部分　成长的足迹

心　锁…姚静雯 / 039

一个馒头的教训…王劲远 / 040

有时，我真想停电…王久肖 / 042

我喜欢《阿衰》…范秋乙 / 044

第二部分　可爱的精灵

第三部分　捣蛋鬼来了

第四部分 我发现了一个秘密

第六部分　不吃梨子怎么知道梨子的滋味

005

第七部分　假如风有颜色

第一部分

成长的足迹

　　新学期的开学典礼上，校长让我们猜他身上最值钱的东西。同学们有的猜他的皮带，有的猜他的眼镜，还有的猜他的手表……结果都不是。最后，校长自己揭开了谜底，最值钱的东西是他的一双手。他说："我的手具有神奇的魔力。过去，凡是和我握过手的同学，学习成绩就'噌噌噌'一下子上去了。落后的变先进，先进的更先进。今天我要和6位同学握手。"我们听了既紧张又兴奋。

——何俊杰《我与校长握过手》

"鬼灯笼"

赵育棋

　　小时，奶奶常常指着一种植物对我说："不要玩那种东西，它叫'鬼灯笼'，玩它晚上会做噩梦的！"奶奶的话使我半信半疑。

　　晚上我偷偷摘了许多"鬼灯笼"放在枕头底下，吃过饭，我早早地跑上楼去睡觉，躺在床上想着奶奶的话，久久不能平静，翻来覆去不知不觉睡着了。在梦中，我果然梦到了鬼，它龇牙咧嘴的模样，把我吓醒了。我慌忙把"鬼灯笼"扔进垃圾桶里，可那"鬼"的模样害得我再也无法入睡了。

　　后来的一天，我看见邻居家的小朋友在玩"鬼灯笼"，我便用告诫的语气跟他说："喂，别玩那东西，我上次玩了就做噩梦了！"可没想到我的一片好心却遭到了嘲笑："胆小鬼，一定是你睡前胡思乱想了吧！"

　　为了证明我不是胆小鬼，也为了证明我的话是真的，我决定再试试。晚上，我把"鬼灯笼"又放在了枕头下，什么都不想一觉睡到大天亮，奇怪的是我竟然没做噩梦。顿时，我明白了，奶奶的话是骗人的，再说科学都证实世界上是没有鬼的，你说当时我怎么就"鬼迷心窍"了呢？呵呵！

"拣"和"捡"

蔡 真

前天，语文老师布置了一项作业：让我们每个同学准备一个本子，把平时从报纸上看到的有价值的好文章剪下来。

回到家，我把这件事告诉了爸爸妈妈，他们不仅支持我，而且鼓励我做。晚上，我把爸爸给我的一些报刊粗略地看了看，接着没多作考虑就把文章剪了下来，贴在本子上。一边贴，一边还得意地说："爸、妈，希望你们以后把看过的报刊都给我，我要把剪贴本贴满。"

过了一些日子，我终于剪贴了好多文章，满心欢喜地把剪贴本拿给爸爸看。本以为爸爸会表扬我，可爸爸却一本正经地在纸上写下了"拣"和"捡"两个字。"这两个字，音相同，你知道它们字义的区别在哪儿吗？"爸爸问。

我看了看两个字，摇了摇头。心里真纳闷儿：这两个字与剪贴有什么关系？爸爸见我说不出，便严肃地对我说："两个字都有拾的意思，第一个'拣'含有挑选的意思，而第二个'捡'只有拾的意思。我们做事情应该动脑，'择其善者而取之'。"爸爸停了停，又说："老师让你们做，是为了提高你们的阅读能力，是好事，如果你不动脑，不挑选地剪贴，只为了应付作业，就违背了老师的意图。想想看，你这样不动脑筋地剪贴，不仅浪费时间，也起不到提高阅读能力的作用。"

从那以后我改变了态度，首先认真阅读，然后再分类，果然收到了事半功倍的效果。现在，剪贴报纸已成了我课外不可缺少的一项工作。这可真得感谢爸爸呀！

第一部分 成长的足迹

幽爸的一天

李子怡

今天可真有趣。我在24小时内经历了3件令我笑爆肚皮的事儿，你也来欣赏一下吧！我的老爸被我称做"幽默老爸"，简称"幽爸"。他的幽默细胞还挺多，下面有几个实例，请看！

幽爸的早晨

一大早，我起床后发现幽爸还在呼呼大睡，就打算捉弄他一下。我来到幽爸的房间，趴在他耳边，假装惊慌地叫道："老爸！快起床！妈妈来掀被窝啦！"只见幽爸一翻身，以极快的速度蹬掉被子，大叫："老婆，手下留情！"等他发现眼前只有笑疼了肚子的我，十分生气，马上像赶小鸡儿似的把我赶出了卧室，然后"砰"的一声关上门，又蒙头大睡起来。不久，屋里就又传来了轻微的鼾声。我小心翼翼地推开了门，却发现床上没人。正当我疑惑之际，幽爸以迅雷不及掩耳之势从门后跑了出来，把我吓一跳。我拍着胸口，生气地说："你干吗吓我？"幽爸一脸无辜地说："那你干吗擅闯本人卧室？哼！根据中华人民共和国家法家规第377条，擅闯他人卧室，必须惩罚洗碗一个星期！"说完这番话，刚刚愣住的我沉默10秒后大笑。

幽爸的中午

"开饭啦！"随着妈妈的一声吆喝，我和幽爸几乎是一阵风似的跑到餐桌旁。红烧肉上桌了，我们父女俩就像几天没吃饭一样，大口大口地吃着。幽爸让我慢点吃，自己却嚼个不停。要知道，我们一家都吃素，偶尔出现几道荤菜，是极其罕见的，更何况是老妈的拿手好菜——红烧肉，油都拿掉了，不长肥肉哦！这时妈妈来了，看到我们饿狼般的吃相，她立刻阻止我们。给我们夹了两块肉后，妈妈就给我们下了"圣旨"——筷子不许再出现在红烧肉的盘子里。幽爸快速地吃完两块肉，然后便央求妈妈："老婆，你再让我吃几块肉好吗？"妈妈全不理睬。为了吃到美味的红烧肉，我也赶紧哀求起来。妈妈经不住我们的软磨硬泡，终于答应了。我和幽爸一声欢呼，开始向红烧肉发动强有力的进攻。不一会儿，一盘红烧肉就被我们消灭得一干二净。幽爸拍了拍肚子，自编自演地唱了起来："今儿个老百姓……呃……吃得真开心……呃……"幽爸唱得摇头晃脑，一旁的我们早就笑得前仰后合了。

幽爸的晚上

每个星期二、四、六，我们全家都得洗澡，而每次洗澡，幽爸总会让我们有打"120"的冲动。晚上，我洗完澡坐在床上看"快乐大本营"，上面放的是"飞轮海"，哇！我的偶像！正当我看到兴头上，冲淋房又传来一阵歌声："时间喜欢在脸上胡乱涂鸦——皱纹黑斑是他的左右护法——咣当！"Oh，my 雷迪嘎嘎！一听就知道是那瓶"巨无霸"（超大瓶力士洗发液）倒下了。唉，幽爸还是不肯停下那噪音般的歌声，"想想办法对付他，不管是谁要……"以他这种"歌声"，完全可以去申请吉尼斯世界纪录！幽爸还曾经很自恋地对我说："老爸不红，天理难容啊！"想到这儿，我已经笑出眼泪，捂着肚子在床上打滚儿了……

瞧！这就是我的星期六！我不禁大叫："让幽爸多讲一会儿，让笑声多飞一会儿……"

爸爸求救

王润奇

今天，爸爸给钢笔吸水时，不小心将一滴墨水滴到桌布上，他吓了一跳，慌忙用卫生纸在上面擦来擦去，但怎么也擦不掉，他眼巴巴地望着那滴墨水，没有丝毫办法。看着爸爸那副模样，我捂着嘴偷偷地笑，心想老爸又得让妈妈指鼻子喽！

很快妈妈就发现了，她指着桌布对爸爸说："告诉你多少次了，让你小心小心，你偏不小心，看你的'杰作'！""息怒，夫人。我保证能洗掉。"爸爸嬉皮笑脸地应付妈妈，眼里向我流露出求救的目光。我看了看爸爸，想起在一本书上看到过消除墨点的方法，便摆出老师一样的威严说："我来教你！"说罢，我就到电饭锅里取了几粒米饭涂在上面，用手使劲儿地搓了几下，然后用清水漂洗一下。嘿，钢笔水掉了！

爸爸拿着洗净的桌布向妈妈炫耀："请大人过目！"妈妈接过桌布，像检察官一样仔仔细细地端详了一遍，满意地笑了。

成长的"足"迹

兰心如

　　成长，是年龄、身体上的成长，更代表心灵上的成长。从生活中一些微不足道的小事中，就可以看出我们的成长。

5岁时洗脚

　　记得我5岁时，特别爱洗脚。当看到妈妈给我倒水时，就高兴得一蹦三尺高。小脚在盆里，像两条欢快的小鱼，从来不会安静下来。等妈妈靠近我时，屋里就像安装了"喷泉"，水花四溅。看到妈妈身上溅满了水，我淘气地笑了起来。直到盆里的水干了，我才肯罢休。看见我的杰作——妈妈和我的身上、脸上，没有一块地方是干的，地上也像刚下完了雨，我高兴地拍手叫好。

　　妈妈把我哄睡了，她才静悄悄地把地擦干。

10岁时洗脚

　　10岁时，我相对来说就懂事多了。自己安安分分地洗脚，默不作声地在那里看着动画片。

　　妈妈常跟我开玩笑："我最愿让你洗脚了。一天到晚，除了睡觉时，就数这会儿最安静了。"洗完脚，我端起水向外走。"咣当——"门重重地撞在了门框上。妈妈又风趣地说："要是有个心脏病人在咱家住着，早被你吓死了！"

现在洗脚

已经上六年级了，我逐渐意识到，我长大了。

很多次，我学习到很晚才睡觉。因此洗脚的时候，父母都睡了。

于是，我做任何一个动作都小心翼翼的，生怕影响他们休息。门也得到了良好的待遇。妈妈欣慰地说："你晚上像小猫似的。"

我终于长大了！我懂得了别人的爱，也懂得了爱别人、体谅别人。

感谢自信

王柳萍

说起我嘛，马大哈一个，每次数学考试都与100分失之交臂。不是不懂，全是粗心惹的祸。一来二去，我竟开始有点儿害怕数学考试了。这事儿让身为一班之长兼数学课代表的我大感不快与不安，我苦恼之极。这不，又要数学考试了。

无意间，我听说有人试过在考试之前吃一根油条两个大饼，真考到了100分。我虽然半信半疑，但还是决定试一试。

为此，我连考试前一天的晚饭都谎称自己零食吃得太多而省掉了，目的就是想让自己的胃腾出更大的空间，确保第二天能将一根油条和两个大饼全部容纳进去。

好不容易等到了天亮。我一溜烟儿跑到小摊上买了一根油条和两个大饼，又跑回家，把它们摆成100分的形状，然后又学着电视里日本人的样子，对它们恭恭敬敬地鞠了三个90度的躬，祈求道："考试时请多多关照，让我得个100分！"最后才小心翼翼地吃了起来。

说来也怪，考试时，我心里特别踏实。我认真地做着每一道题，一路上也没碰到什么障碍。很快，我就将试卷全部答完了。从不检查的我竟仔仔细细地检查了3遍。我乐滋滋地想："哈，这回，100分可是三根手指捉田螺——拿定了！"

果然，我如愿以偿地品味到了阔别已久的100分的滋味，我满心欢喜。

放学回到家，我把书包一扔，一屁股坐到沙发上，眉开眼笑地对正在看报的爸爸说："爸，这次数学考试我得了100分，这可得好好感谢一根油条和两个大饼！"爸爸莫名其妙，我就将整件事的来龙去脉一五一十地告诉了他。爸爸笑着说："好主意！一根油条、两个大饼帮你找回了自信，是该

好好谢谢它们啊！""哦？……自信？……对！自信！"我突然间明白了什么，我的油条和大饼不过是让我自信的外在形式，真正帮助我取得成功的是我自己。通过这次好笑的迷信事件，让我懂得了一个道理：凡事都要靠自己找到自信，感谢自信！自信万岁！

隔壁灯光

刘少儒

在我的家中，我独自拥有一个房间，那是我的书房和卧室。隔壁就是父母的卧室。

刚上小学时，晚上作业很少，一会儿便可写完。往往7点钟我就舒舒服服地躺在床上，但隔壁却时常传来电视的吵闹声，搅得我不能安睡。于是，我总会暗暗祈祷：隔壁的那盏灯快快熄灭，让电视机"闭上嘴巴"，让我安安静静地入睡吧！

等我渐渐长大了些，晚上的作业也渐渐地多了起来，常常要做到10点钟。那时，我特别希望隔壁那盏灯一直亮着，让那灯光给我一种暗示：有人和我一样晚睡，有人在等我。于是我心中便得到了平衡，鼓起勇气到知识海洋中去遨游。

又长大了些，晚上的作业就更多了。但是我又希望隔壁的那盏灯快快熄灭，让劳累一天的父母快快进入梦乡。有时，虽然那盏灯熄灭了，但隔壁的心灯却依然亮着，一直伴随着我在学习的道路上行走。

噢！隔壁的那盏灯，它包含着母亲的叮咛，鼓励着我；它包含着教诲，鞭策着我。隔壁的那盏灯，温馨地诉说着父母对儿子的希望，平凡而伟大地照亮着儿子的前程，并把那份爱默默传递着……

011

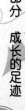

第一部分　成长的足迹

挂历拼图

陈培凯

过年了，大家都沉浸在春节的喜庆之中，我也忙着换挂历，辞旧迎新。

我小心翼翼地将我心爱的球星挂历取下，放在椅子上。顽皮的小弟弟在我身边活蹦乱跳可高兴了，拿着挂历左看看右看看，上摸摸下摸摸，喜欢得不知如何是好。弟弟趁我钉新挂历时，偷偷地将旧挂历拿走，一溜烟地跑了。当我挂好新挂历时，转过身一看，弟弟和挂历神秘地蒸发了。突然，我听见储藏室有窸窸窣窣的声响，我猛地打开门，哈哈，果然在这里。我再定睛一看，啊！没想到挂历竟被弟弟撕得四分五裂，地上狼藉一片。我大吃一惊，伤心极了，这可是我最喜欢的挂历啊！我恨不得狠狠地揍弟弟一顿。可还没等我伸出手来，弟弟就害怕得哇哇地哭了，洒了一屋子金豆豆，我又于心不忍，这可怎么办呢？

望着那零碎的挂历纸片，一道灵光在我脑海里一闪而过，我突然想到这撕破的纸片不是可以当拼图玩吗？于是我对弟弟说："好了，不要哭了，哥哥和你来玩拼图游戏！好吗？"弟弟一听玩拼图游戏，马上就破涕为笑。

我把分散的碎片聚拢起来，拿出其中最大的一块放在中央，找到边缘与它相吻合的碎片拼到旁边，我展开想象，努力开动脑筋，不停搜索别的纸片，努力将它复原。终于，我花了九牛二虎之力，一幅天使般闪耀的球星图案展现在我眼前。弟弟见拼图这么好玩儿，跃跃欲试也想一展身手。为了鼓励弟弟的兴趣，弟弟每拼对一块，我就拍手喊一声"Very good"。当弟弟拼错时，我就不动声色地帮弟弟纠正，不一会儿，一张挂历拼完了。我和弟弟玩儿得津津有味，把刚才的不快抛到了九霄云外。

通过这件事我懂得了一个道理：处理任何事情，都有不同的方法。换一个角度，坏事也可以变成好事，就是不能死钻牛角尖。

盒子里的幸福

许　愿

　　每年的生日都是我十分期待的幸福日子，因为在这一天，我会收到各种各样的礼物。每一件礼物都带着亲朋好友的祝福送到我手里，有玩偶娃娃、文具、储蓄罐……在我眼中它们都是千金不换的无价之宝。

　　如果一定要在这些礼物中评选出一个"最喜欢"，那一定是爸爸送给我的小盒子了。

　　它是一个精美的小盒子，盒子的每一面都用蓝色作为底色，上面画着一位父亲和他的孩子在草坪上放风筝，旁边还印着几句祝福的话。盒子正上方有一个按钮，轻轻一按，盖子就能自动打开。

　　我第一次见到这个小盒子就喜欢上它了，可我却不清楚，为什么爸爸要送我一个空的盒子？

　　怀着疑问，我跑去找爸爸要答案。他说："这个盒子可以用来寻找幸福！"

　　原来，爸爸希望我把所有使自己感到幸福的事写下来，放进盒子里。等到盒子里装满了"幸福"时，再来找他。那时他将告诉我一个秘密。

　　秘密？我立刻饶有兴趣地开始寻找幸福，我要赶快把盒子填满，好知道秘密是什么。

　　用了一个月的时间，盒子终于装满了。我急匆匆地拿着盒子去找爸爸，他却不急不慢地让我把所有幸福全都读一遍。我疑惑地展开最上面的纸条，读了起来。

　　读着读着，我情不自禁地笑了，原来我身边的幸福有这么多！以前，我怎么就没有发现呢？爸爸语重心长地对我说："只要你愿意去找，幸福就在眼前。"

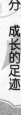

爸爸送我的这份礼物，让我懂得了一个道理：幸福不是从天而降的糖果，它就像躲在大树脚下的美味野蘑菇，只要用心寻找，就能满载而归！

这份生日礼物，是我最珍贵的宝贝，我会好好保存它的！

假如风有颜色

家有三棵树

丁子毅

　　有人说，我家像一片鲜活的绿洲，我说那是因为我家有三棵各具特色的树。

　　妈妈是一位标准的东方女性。听奶奶讲，自从妈妈进了家以后，她从不嫌贫爱富，像棵温柔的柳树，只要给她一片土地她就能生长。爸爸在外地工作，妈妈为这个家，有苦自己吃，有福让我享。平时，妈妈不乱花一分钱，可是为我花钱时，她一点也不吝啬，无论是在哪里，妈妈做人都有这样几条原则：首先是处理任何事都做到一碗水端平；其次与人交往从不斤斤计较；最后遇事多为别人着想。所以妈妈的威信特别高，我说妈妈是一棵不讲条件、随地而生、默默奉献的柳树。

015

　　爸爸是个阳刚男子。听妈妈讲，她那时喜欢爸爸，也就是看上他这一点。无论是在家，还是在外地打工，爸爸总是说一不二，干事利落，遇事爱憎分明。平时，因为爸爸乐于助人，所以他的朋友特别多，那不是些麻友、牌友和酒肉友，而是一些患难之交——有福同享、有难同当的好哥们儿。在追求上，尽管爸爸是一名大学生，可他从来不说大话，只干实事，是一个无人不知、无人不晓的大好人。他用一双坚强而有力的手支撑着我们的家。所以，我爸爸是一棵腰杆笔直、志向冲天、从不随波逐流的杨树。

　　我呢？当然是爸爸妈妈相爱的结晶体了！听姥姥说，自从我生下来后，全家就欢声笑语不断，后来，我在欢声笑语之中，渐渐成了妈妈的心肝，爸爸的希望，姥姥、姥爷的幸福。记得从懂事起，我就学着自己的事情自己做，不想让别人代劳。在学习上，上课认真听讲，课下不耻下问，平时做到了持之以恒。日久天长，我成了爸妈的骄傲，学校的光荣。妈妈说，在我的

第一部分　成长的足迹

身上有她的温柔；爸爸说，在我的身上有他的阳刚之气；姥爷说，在我的身上有他的宽厚；姥姥说，在我的身上有她的纯朴。所以说，我是一棵四季如春的常青树。

这三棵树撑起一片绿洲，使我们全家幸福快乐地度过每一天。

可爱的老爸

韩 冬

叫"老爸"不是我不尊重爸爸，而是他有些思想实在有点儿老。你看——

"爸爸，我想买一本辅导书。"躺在摇椅上看电视的老爸，听到我的话后，眼里除了不高兴和不满之外，还冷漠地说了一句："你把课本上的东西，给我学会了，就行啦。"什么年代了还有这样的想法！

一个星期天，老爸一早就说："冬子，快点起来，咱们全家进城买东西去！"刚一进城，老爸就直奔新华书店——老爸进书店，这可是大姑娘上花轿——头一回，稀罕得很。我蹑手蹑脚地跟着老爸钻进了书店。老爸背着手站在书架前，我轻轻地走在他的身后。老天，老爸在小学辅导丛书前站下了，嘴里念叨着："新概念、新思维、新……""新作文。"我情不自禁地说了出来，把老爸吓了一大跳。老爸回头对我笑笑，"儿子，哪本好？""老爸，你买这些书干什么？"我不解地问。"送给你的。""什么？送给我的？"我简直不敢相信自己的耳朵。爸爸摸着我的头，语重心长地说："冬儿，以前爸爸总以为买书的钱跟丢进河里差不多。前天厂里进了一台机器，我装了一天都没装好，可车间里一位大专生，按照外国文字里的介绍，一下子就安装好了。我终于明白了，读书还是有用啊。我太落伍了，这书算爸爸向你道歉了。""谢谢老爸！"我高兴地跳了起来。"别再叫我老爸了，呵呵……"

现在我还是喜欢叫他"老爸"，不过不再是因为他思想老，而是爸爸实在太可爱了！

017

可爱的小鸭子

张君君

真好！奶奶抱回几只小鸭子，放在一个用竹子搭起来的房里，房内有一些干草，那是小鸭子舒适又温暖的窝。

奶奶说："小鸭子很怕人。"我对此半信半疑，我把它放在一个盛满水的小水坑边。小水坑里有几条自由自在的小鱼儿和郁郁葱葱的水草，那是小鸭们最好的游戏场所。我常常听见小鸭子响亮的歌声，好像在夸我给它做的窝很好，它很满意。每次我听到这歌声都按捺不住内心的喜悦。

终于有一次，我忍不住好奇心，把奶奶的话抛到了九霄云外，蹑手蹑脚地摸到竹房边，目不转睛地盯着小鸭子。伸出手要去抱抱小鸭子。面对这突如其来的"大手"，小鸭子吓得"嘎嘎"直叫唤，拍打着小翅膀飞也似的躲进竹房里瑟瑟发抖，再也不肯出来。

吃过午饭，我发现小鸭子伏在厨房的地面上。我心里十分纳闷，于是匆匆扒了几口饭，便小心翼翼地躲在一边窥视。突然，我眼睛一亮，小鸭子竟会张开又扁又宽的红嘴巴，去叼苍蝇吃耶！你看，一只吃饱喝足的绿头大苍蝇，从鸭子头上嗡嗡地唱着歌，款款飞过去。突然，苍蝇一个垂直俯冲，停在地上的一堆菜汤上，还故作悠闲，绅士般地搓搓后腿，又搓搓前腿，然后伸出令人作呕的"吸管"品尝美味。这时小鸭子懒洋洋地一扭脖子，扁嘴一张，"啪"的一声，苍蝇便成了小鸭子的美味佳肴。我看得目瞪口呆，真没想到小鸭子竟是一个吃苍蝇专家。我高兴地撒了一把米作为奖赏，小鸭子"嘎嘎"地欢叫起来。慢慢地我和小鸭子熟悉了，成了一对形影不离的好朋友。

一天中午，我在电风扇下做作业。写着，写着，我突然感觉到拖鞋里有几个毛茸茸的绒球。我弯下腰看，不由得笑了。原来小鸭子躲进了我的大拖鞋里"呼呼"睡大觉。望着小鸭子熟睡的样子，我欣慰地笑了，不忍惊醒它的美梦。

小鸭子，你是我的好朋友。我爱你，小鸭子！

快乐的野炊

刘思雅

　　清晨，一阵嘹亮的歌声打破了树林里的寂静，一队小学生在老师的带领下带着餐具、食物……排着整齐的队伍走进了树林。

　　这就是我们的野炊队伍。到了树林，老师把我们分为几个小组。你看，一小组负责炒菜的同学多么卖力呀！他们一边挖"灶"，一边洗菜、切菜、拾柴。忙完后，那架势好似食神出场，摇来晃去的就是掌勺的大厨——孙意。他熟练地倒了些色拉油在锅中，油一开，就把郭紫君辛辛苦苦切好的肉丝、青椒一股脑儿倒入锅中，炒了起来，还学着电视里厨师的样子把锅颠来颠去，只可惜还是个"实习生"，菜全洒出了锅，气得郭紫君脸红得像关公。

　　小组长兼"总经理"胡聪可不高兴了："你快收拾东西吧，你被我炒——鱿——鱼啦。"逗得我们哈哈大笑。早在一旁等候许久的郭紫君，赶忙抱过锅铲，争着炒韭菜烩鸡蛋。她也学着孙意那样，等油开后把鸡蛋倒入锅中，好似黄沙泛起千层浪，真是壮观，又把韭菜倒入锅中炒。这个菜做好后，同学们争先恐后地做下一道菜……当老师看到我们做好的丰富的菜肴时，也不禁露出了甜美的微笑。

　　野炊结束了，告别偎依在妈妈怀中静静地听我们唱歌、看我们忙碌的小树，我们快乐地踏上了回家的路。

快乐是什么

魏颖慧

有人说，快乐是一条明净的小溪，流淌着无限的清纯；也有人说，快乐是一片没有遮拦的天空，飘散着醉人的甜美。快乐究竟是什么？还是自己去找找吧。

找到了！快乐在蜜蜂身上——

"蜜蜂，你成天忙忙碌碌，你的快乐在哪儿呢？"蜜蜂笑着回答："我们的兄弟姐妹多得很，我们团结友爱，互帮互助。歌声中充满生活的朝气，舞蹈中传递花粉的信息。快乐就是我们生活在这样一个集体中。"

020

找到了！快乐在小草身上——

"小草，你普普通通，你的快乐是什么呢？"小草看了看自己翠绿的身子，自豪地说："没有花香，没有树高，我是一棵无人知道的小草，从不寂寞，从不烦恼，因为我是一棵百折不挠的小草。只要有一点泥土我就能生长，尽管风吹雨打，虫袭兽侵，但我依然坚强。快乐就是战胜困难的力量。"

其实，对于辛勤的园丁来说，看着自己的学生取得辉煌的成就，这是他的快乐；对于学生来说，饮水思源，记着老师在自己成长过程中所付出的辛苦，这便是他的快乐；对于朋友来说，看到彼此之间的友谊像不败的绿叶、不谢的花儿，这便是他的快乐；对于失学儿童来说，能重新背上书包，重新返回到校园，这便是他的快乐；对于年过花甲的老人来说，能看到儿孙满堂，扬起理想的风帆，驶向金色的海岸，这便是他的快乐。

　　每个人都有自己的舞台，每个人都有自己与众不同的快乐。同学们，生活是海洋，其实快乐就在我们身边。让我们在生活中捕捉快乐的时光，在快乐中感悟生活的真谛！

拿不定主意

刘沾杉

　　星期天，我们家发生了一件有趣的事，和我们每天必须做的事——吃饭有关。

　　记得在那天中午，我们吃过午饭都去睡午觉。没想到，一觉竟睡到傍晚6点钟。妈妈看看时间，对我和爸爸说："这么晚了，我们出去吃晚饭吧。"爸爸说："好极了！吃西餐、中餐还是快餐？"妈妈想了想说："都可以。""还是西餐吧！"我说。"西餐不好吃，"妈妈对爸爸说，"你还是到楼下的市场买点菜，自己煮吧！"爸爸说："自己煮太辛苦了，还是到楼下的'小蜜蜂'饭馆吃吧！"妈妈又想了想说："好吧！"我们赶紧换好衣服。正准备出门，妈妈又发话了："算了，出去吃不卫生，还是在家里吃吧！"爸爸只好下楼买菜去了。偷偷一瞅挂钟，已经7点30分啦！嗨，一顿美餐就这样泡汤了！后来，一家人就在8点30分左右将就了一顿晚餐。

　　瞧，这就是我的爸爸妈妈，平时总教育我要有主见，可是他们自己呢？关键时还是拿不定主意！你说好笑不好笑？

奶奶与手机

陈芊秀

星期天，爸爸妈妈要去逛街。奶奶说："我在家做家务，秀秀要做功课，我们就不去了。"

爸爸妈妈出门去了，奶奶和我在家各做各的事，突然，桌子上传来一阵"嘀嘀嘀……"的叫声，奶奶才发现是爸爸忘带手机了，赶快走过去，拿起手机就喊："家里没人，家里没人！"可是，手机里没有人回答，还是一个劲儿"嘀嘀嘀……"地叫着。奶奶马上就知道自己说错了话，重新对手机说："有人，有人，我是奶奶，有什么事就对我讲吧！"但是手机还是不停地叫着，奶奶生气地把手机扔到床上。我看了这情景，趴在写字台上偷偷直乐。

等爸爸妈妈回来，我把事情经过讲了一遍，爸爸妈妈哈哈大笑。奶奶被我们笑得脸都红了，说："你们在家里时，只要手机一响，就可以通话，我在家怎么就不灵验了呢？"爸爸拿起手机，演示给奶奶看："要按通话键。"奶奶这才恍然大悟，还自言自语地说："不学习就跟不上时代的发展喽。"瞧，奶奶没准还会学些别的呢！

023

甩掉绰号

曹悦然

如今的我，已是一名六年级的小学生了，可依然摆脱不了"小公主"、"大小姐"之类的绰号。妈妈说让我长大一点，可我总会说："我都12岁了，还不算长大吗？"是啊，12岁了，还不算长大吗？

有时候，我会"小心眼"

那一次的美术课，老师给我们布置完内容后，便让我们自己画画，一位女同学没有带水彩笔，她向我借。我的水彩笔是妈妈在上周新给我买的，颜色很多，色彩也很鲜艳。我犹犹豫豫，不知道该不该借。不借？有点爱面子的我怎么说得出口？借？我自己都没舍得用。我捧着崭新的水彩笔，不说借也不说不借。她好像看透了我的心思，便说："哎呀，我水彩笔就在我书包里，只不过我没有找到，对不起，打扰你了！"我没有说什么。下课了，老师让我们把画交上去。我交过去时，发现她的画是黑白的，并没有任何一点颜色。我心里有点不舒服，可又想："谁让她自己不说明真相了。"

有时候，我会很"娇气"

一次，我和同学们一起去玩儿，我们把那个地方叫作"秘密基地"（只不过有几个小坡罢了）。我们跑啊，跳啊，别提有多开心了。一个不小心，我被草划伤了，流出了鲜血。我疼痛难忍，流下了泪珠。大颗大颗的泪珠滚落下来，不一会儿，我的脸上便显现出两条清晰的泪痕。我的同学便围了上来，一边用纸擦着伤口，一边又说我："你说说，就这么一点伤口就流泪，你可真是个'大小姐'呀！"我听了，生气极了，便说："本来就很疼，你们还埋怨我，就不知道关心关心我吗？"她们有点无奈地说："你呀，什么时候才能长大呀！"

渐渐地，我发觉到了自己的缺点，所以，我决定把它改掉。

当我的好朋友有困难的时候，我会去帮助她，鼓励她，并且还不忘说上一声："加油，你一定会克服！"当我外出玩耍的时候，跌倒了自己会爬起来，不哭泣，并且要为自己说一声："你最棒，要勇敢哦！"妈妈做家务时不忘帮忙。在公共汽车上时，不忘给老人让座。在别人摔倒时不忘伸手帮助……

现在，我终于知道了，什么叫作长大了。长大并不是身高的长大，而是内心的成熟。要学会坚强，宽容，懂得去感受别人的内心世界，也要去尊重别人，在别人需要的时候尽量伸出双手去帮助。换句话说，就是——懂得用心去爱别人。现在，我已摆脱那些绰号了，因为，我已经学会长大了！

逃家小兔

顾阳乾

从前，一片茂密森林里住着拥有魔法的小兔一家，由于兔妈妈过于关心孩子，总是不让小兔碰这儿摸那儿的，整天闭门发呆。小兔感觉自己没有丝毫自由的空间，于是，她准备逃离这"如来佛掌"。有一天，小兔趁妈妈不在身边逃离了家门。

刚出家门，小兔就念动咒语："呜啦啦、啦啦呜"，瞬间，小兔摇身一变，变成了一阵风，向姥姥家飞去。到了姥姥家门口，小兔被一丛丛花朵迷住了。她停下了脚步，往花园走去。进入花园后，小兔看见这美丽的情景，心想：我要是能变成一朵花儿，那该多好啊！妈妈就找不到我了，真是一箭双雕啊！想着，小兔口念变身咒语，变成了一朵美丽娇艳的花儿。在这时，突然走来了一位奇怪的园丁，他手里拎着一篮子白菜，把白菜放在地上，便离开了。"小兔"正好也饿了，抵不住白菜的诱惑，跳入了篮子里，变回了原来的样子。这时，奇怪的园丁走出来，一把抓住了她，小兔一眼认出了妈妈，赶忙从口袋里拿出了润滑油，涂在了妈妈的手上，一溜烟向着小溪边跑去。

来到小溪边，只见周围山冈蜿蜒、青翠欲滴，小溪清澈见底，景色秀丽宜人。小兔望着如镜的小河，心想：我要是能变成一条小金鱼那该多好啊！于是她便念动咒语，真的变成了一条活泼可爱的小金鱼，同河里的小鱼一起嬉戏着。小兔正玩得尽兴时，突然走来一位打扮奇怪的渔夫，只见他甩出鱼竿，河里的小鱼看见鱼钩上挂的竟是一根胡萝卜，便嘲笑那位捕鱼人，说："这个捕鱼人真奇怪，竟然拿胡萝卜来引诱我们，真是个蠢蛋啊！"可"小兔鱼"却游了过去，一口吃掉了胡萝卜，迅速变回了原来的样子——一只小兔。那位奇怪的捕鱼人，也变回了原来的模样——兔妈妈。小兔不服气，趁妈妈不注意又朝着悬崖边跑去。

她遥望天上飘着的朵朵白云，心想：我要是一只鸟儿该多好啊。她又念动咒语，变成了一只勇猛无比的金雕，在天空盘旋着，而兔妈妈变成了一棵树，矗立在悬崖旁。当"小金雕"飞累的时候，便落在树上休息，树妈妈一把抓住她。小兔心想：我是不会跟你回家的，于是又念动了无敌隐身咒和飞行咒，飞到了大海的中央，松了一口气，变成了一只漂泊在大海上的小船。兔妈妈费了九牛二虎之力，终于找到了小兔。兔妈妈变成了一朵云，吹了一口气，将"小船"吹上了岸。这会儿，小兔算是心服口服了，她跟妈妈乖乖地回到了家。对妈妈说："妈妈，是我错了，我不应该乱跑，下次我一定不会让你担心了！"

　　从这个故事中我懂得了：孩子需要母爱，更需要自由，而妈妈呢？儿行千里母担忧啊。

特殊的生日礼物

朱 巍

今天是我老爸的生日，给他送什么生日礼物呢？送蛋糕吧，已经送好几回了，每次都是五颜六色的蛋糕上点几支明晃晃的蜡烛，接着，爸爸默默地许个愿，全家人齐心协力，蜡烛一下子就吹灭了。可这样过太没意思了。

要么我动手做一张精美的贺卡送给爸爸。当我拿起钢笔时，突然想起我写的字太差了，爸爸看见了一定会生气的。

唉！送什么好呢？"有了！"我情不自禁地叫了起来。中午，全家人吃过午饭，我就吵着要和爸爸一起打牌。打牌前，我赶忙解释一下游戏规则：谁输了就要替别人捶背。第一场我输了，爸爸只好乖乖地趴在沙发上，我用大拇指和食指在爸爸的脊椎周围从上到下按摩着，接着又用两只小拳头在爸爸背上有节奏地捶起来。爸爸高兴地说："好舒服呀！"连续几次都是我输了，爸爸知道了是我故意输给他的，笑着说："你这小淘气，连爸爸都被你骗了！"我也高兴地说："因为今天是你的生日，这，不就是我送给你的礼物吗？"

爸爸兴奋地一下子把我抱了起来，嘻，还用胡子扎我呢！

028

我的"唐僧"老师

姜海涵

唐僧有两大优点：心软、手软。我的科学老师也有这两大优点，她叫张红霞，是同学们有口皆碑的"唐僧"老师。

话说有这么一次，张老师检查作业时，忽然皱起了眉头，眉间拧成了一个大疙瘩。她慢慢地直起身，抬起头，用喷火的眼睛搜寻到在座位上一点点"矮"下去的刘泽鹏，冷冷地说："你过来一下。你的作业一片空白是怎么回事？"刘泽鹏硬着头皮走上前，假模假样地想，头皮都快挠破了。看着他的窘态，老师格外严厉地说："回座吧，中午补上，下午第一节课后交上来！"那声音又冷又硬，像三九天的寒冰，吓得刘泽鹏大气都不敢出。可我分明看见她目送刘泽鹏的背影时，眼神又平静又温柔，写满了对我们这些淘小子的理解。

科学老师总是心太软，那是因为她真心疼爱着我们。

"铃铃铃……"又是科学课，老师讲得慷慨激昂，侯晓乐却悄悄把手伸进了桌膛，安装起刚买的赛车。没想到，张老师竟能分心"照顾"他，侯晓乐的一举一动她看得一清二楚。张老师对他采取了措施：一瞪二盯三咳嗽，绝招用完，居然没起作用。

老师一向是拨开竹叶看梅花——分清白的，只见她突然把教鞭重重地一放，怒目圆睁，杀气腾腾地走过去，一副"该出手时就出手"的气势。侯晓乐一下子把玩具塞进桌膛，可是，张老师长着如来佛的通天慧眼，看都不看就把"犯罪证据"摸了出来——完，人赃俱获！侯晓乐立刻变成了被猎人追赶的金鹿——慌里慌张，不知所措。脸红得像猴屁股，头都快钻进桌膛里去了。

暴风雨就要来临，侯晓乐这回一定是鼻子喝水——够呛。教室里静得能听见老师调整呼吸的声音，没有料到的是，张老师看着这个小捣蛋鬼的可怜

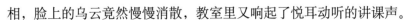

相，脸上的乌云竟然慢慢消散，教室里又响起了悦耳动听的讲课声。

下课了，我们悄悄议论，一致认为刚才的一幕特像"三打白骨精"中，唐僧惩罚孙悟空时的爱恨交加。后悔不已的侯晓乐模仿小沈阳的腔调说："我这个泼猴是真有错。"同学们哄堂大笑，真是骑驴吃豆包——都乐颠馅儿了。

我爱我的"唐僧"老师。

我的姥姥

范秋乙

我觉得家里最有意思的就是姥姥。

记得秋天的时候，姥姥家楼下的花园里的花已经凋谢了，只剩下枝和叶，但是姥姥仍然疼爱那些枝叶。放学时，有个小同学无意当中踩进姥姥的花园里，姥姥看见就生气了，对那个小同学喊："赶快出去，别上那里踩。"小同学听到就赶紧跑开了。小同学都已经跑远了，姥姥还在责怪那个小同学，菜烧煳了她都没察觉到。于是那天我们全家只好在外面吃了一顿。

还有一次，我和姥姥抢电视，姥姥想看中央5台，我想看卡酷卫视，电视机的遥控器在姥姥手里，我上前就抢。姥姥把遥控器从左手倒到右手，我去她右手边抢的时候，她又把遥控器扔到左手上，而且看我抢不到，还在那哈哈大笑，这时，我觉得姥姥跟我一样，有一颗孩子般的心。

031

姥姥虽然年龄大了，但是她在生活中的趣事仍然让我感觉到她和我是同龄人。

我的傻爸爸

刘桐君

要说我爸爸做的傻事，真是说上三天三夜也说不完。单说吃饭，就会让你捧腹。爸爸吃饭不论早中晚，一律一碗半，吃玉米，则吃两穗。好像不到这个数，不饱；一到这个数，就正好似的，乐得妈妈笑骂他是不知饥饱的傻瓜。

爸爸吃饭的程序是先盛一碗，吃完后，再添半碗，吃完，用手一抹嘴："好了！"样子着实滑稽。

一天，我边吃饭边听书，而爸爸爬格子还没到饭桌，于是吃了一碗的我，为了听书，就把妈妈给他盛的一碗饭，拨了半碗。一会儿，我的傻爸爸出来了，端起饭碗就吃，吃完半碗就走，妈妈问他："不吃了？"他两眼一瞪，吃饱了。妈妈不觉笑了起来："今天怎么这么出息？"爸爸则一梗脖子："吃了一碗半了！"这一刻我才恍然大悟，爸爸把那半碗饭当成了第二碗，乐得我和妈妈岔了气，直到傻兮兮的爸爸听懂我俩的意思时，不觉也搔搔头，笑了："我说呐，今天这一碗半怎么这么空得慌。"

更有意思的一次是吃玉米，爸爸是吃完一穗扔玉米棒时，发现垃圾桶里已有了一个玉米棒，于是站起来就走，妈妈问他今天怎么就吃一穗？爸爸说：谁说的，这不两穗吗？说着用手指着垃圾袋。妈妈一看，笑得直不起腰："那是我下班时吃的。"一听这话，爸爸也不好意思起来，已经回到里屋的爸爸，又坐回了饭桌。

看着爸爸"傻透腔"的样子，妈妈就和我核计，捉弄爸爸一回。那天吃饭，又是爸爸伏案疾书正酣的时候，我和妈妈吃完饭，就悄悄地收拾了桌子。待到爸爸感到肚子有点饿时，已近晚间8点了。

"老婆，还不吃饭？"爸爸一脸惶惑。

"吃过了！"妈妈装着认真样，"怎么刚吃完就饿了。"

爸爸搔搔脑袋："什么时候吃的？"

我则边看电视边说："刚才。"

爸爸看看我和妈妈不像开玩笑的样子，就又折回他的房间，继续爬格子，边走还边说："看来以后一碗半不够了。"

听得我和妈妈捂着嘴窃笑不已。

你看这就是我的傻爸爸，饥饱不知，吃没吃都不记得。唉，每每到这时，妈妈都要说："你爸爸真是'傻透腔'了！"

我的小狗米米

杜仪

我买了一只小狗，它身上的毛是米黄色的，头顶、尾巴尖端、四只脚却是白色的，看上去，像个小黄毛球儿。我给它取了一个名字：米米。

那天在九洲商场门口，我从它身边路过时，一眼就看到了它，把它买了回来。那时，它才两个月大。回来后，我给它洗澡时，才发现它身上有六处狗咬的伤痕。我去问了一下卖狗的人，他说：这是母狗咬的，一般母狗喂奶只喂两个月，可是它吃了两个月还要吃（这一点很像我小时候），母狗不让它吃，它拼命要吃，母狗发火了，就把它咬伤了（我妈妈可绝不会这样的）。

发现了米米的伤口后，我就天天用妈妈给我擦伤的碘酒给它的伤口消炎，还把妈妈给我的火腿肠给它吃，妈妈为我订的牛奶也倒一半儿给它喝，我还一个星期给它洗一次澡，还用吹风把它的黄毛吹得干干的，整个儿像团海绵。在我精心"护理"下，米米的伤口很快就好了，而且它还长胖了，长得圆滚滚的，它的性格也变得活泼起来。

每天放学，一开门，就会看见它像个小人儿一样，坐在门口，摇着那条小小的尾巴，把身边的蓝色奶箱撞得叭叭直响。我把手一伸，它就站起来，后腿直立，前腿弯曲，像个小人儿一样立着，朝我撒欢，一双水灵灵的眼睛，随着我的手指转动着。有时，它还会直着身子，用后腿使劲跳跃着，用舌头舔着我的手心，像一只会走路的小浣熊。

我进了门，放下书包，米米就一次次往沙发上跳，不停地用嘴衔咬我的书包带子，好像它也要背着书包上学似的。我换了拖鞋，开始做作业时，它就偎依在我的脚旁，像一团温暖的棉花，暖和着我的脚。有时它又像疯子似的，咬住我的拖鞋，把它们往它窝里叼。其实，它根本就不想穿它们，我不知它叼去干什么，过去一看，它只是老老实实地睡在拖鞋上，垂着尾巴眼睛一眯一眯的。我一摸它的头，它就迅速爬起来，四处张望，很快从鞋架上又拖出一只鞋子来，开始了又一次不甘寂寞的玩耍。它还喜欢玩球，喜欢玩垃圾桶，一次次把它推翻，在里面寻找东西吃。它还喜欢追着自己的尾巴咬，咬得自己团团转，一旦咬住了，它又疼得"哇哇"直叫。它丰富多彩的"表演"，闹得我做不成作业，一气之下，我就把它关进卫生间，开始关它的"禁闭"。它就真像人们说的一样，发出只有两三岁的小孩子才能发出的"嗯呀"呻吟声，听了让人心里不是滋味，它还不住地用前爪扒门，拼命把门从里往外推，越推越紧，直到精疲力竭。

我做完作业，推开卫生间的门，只见米米正安静地睡在地板上，一动也不动。我以为它死了，用手一摸，它"腾"地一下子就跑出了卫生间，它可真够阴险的。

我感觉累了，就躺到沙发上睡一会儿，不知不觉进入了梦乡。突然，我觉得脸上痒痒的，睁开眼睛一看，只见米米正蹲在我的眼前，嘴巴像正在品尝什么——原来是它在舔我的脸。

唉，我真是又喜欢它又烦它，我的小狗米米。

035

第一部分·成长的足迹

我喜欢"挨揍"

孙英夫

　　你听到这个题目后，一定会以为我的脑子有毛病，这世界上有那么多的好东西不喜欢，却偏偏喜欢"挨揍"。

　　我喜欢的这个"挨揍"可要从头说起，你才能明白。那是三年级的时候，我考了个第一名，我特别高兴，我想爸爸一定会好好奖励我的，一定会给我买好多好多的东西的。回到家里，爸爸问我考得怎么样？我说："第一名！"爸爸高兴地说："好，好，好！"但是他的拳头却第一次在我的后背深深地留下了"痕迹"。嗨，我心里像喝了蜜糖。

　　还有一次，我参加了全市小学生数学竞赛，也得了个一等奖，我想：爸爸一定能给我奖励。可是，我等到的不是奖励，而是……

　　久而久之，我也习惯了，我希望"挨揍"，当我"挨揍"时，也特别高兴，因为只要"挨揍"了，就表示我的学习又有了进步。

我与校长握过手

何俊杰

你见过我们赵校长的手吗？他的手普普通通，白白的，胖胖的……粗看和我爸爸的没什么两样。可是，你知道吗？我们校长的手可是非常有魔力的哦！

新学期的开学典礼上，校长让我们猜他身上最值钱的东西。同学们有的猜他的皮带，有的猜他的眼镜，还有的猜他的手表……结果都不是。最后，校长自己揭开了谜底，最值钱的东西是他的一双手。他说："我的手具有神奇的魔力。过去，凡是和我握过手的同学，学习成绩都'噌噌噌'一下子上去了。落后的变先进，先进的更先进。今天我要和6位同学握手。"我们听了既紧张又兴奋。

第一个获的"殊荣"的是六年（6）班的阮可佳，她乐得两眼眯成一条缝，活像一尊弥勒佛，与校长握完手，竟然还傻呆呆地站在那里……

我是第三个被老师叫到的人。当老师叫到我名字的时候，我简直不敢相信自己的耳朵。如果说秦哲雯是写作高手，楼晨风是乐于助人被老师叫到的话，那么我又是为什么被老师叫到的呢？我疑惑不解地望了老师一眼，鼓起勇气走到讲台前。赵校长对我笑了笑，说："何俊杰，听说你在暑假里做了一张宣传'七艺节'的电子海报，是吗？"我点了点头。校长又问："是你自己做的吗？"我说："不，我读大学的表哥帮助过我。"校长朝我笑了笑，伸出他那只胖胖的充满魔力的手。我立刻也伸出自己的手，和校长的手握在了一起。我感觉到了校长手心的热度，仿佛一股暖流传向了我的全身，我真希望这一刻永远持续下去，但是想到校长的手应该给更多的人带去温暖与魔力，我依依不舍地放开了。

说也奇怪，自从与校长握过手后，我的成绩就像猴子爬竿，很快就上升

了。最明显的是作文，有时写不下去了，看了看跟校长握过的手，突然有了灵感，"唰唰"就写了下去。一向惧怕作文的我这学期还破天荒地成了班里的"作文新星"。难道校长的手真有这么大的魅力吗？我真想与校长再握握手，感谢他的手给予我的神奇力量。

心　锁

姚静雯

　　"咔嚓！"我又把日记本锁上了，凌乱的心情让我无法迈开那沉重的脚步。只见，妈妈在门口神情凝重地望着我，此时的我，思绪万千，心里像打翻了五味瓶——不是滋味。

　　在我上二年级的时候，妈妈从日本回来了。也许是陌生，我在面对妈妈时显得有些不知所措，自己的妈妈，怎么如此怕生？……7年了，妈妈都不在我身旁，心里空荡荡的；7年了，我从没有感受到真正的母爱，只是电话里那个陌生的妈妈。所以，许许多多的心里话藏在我心灵深处。每个夜晚，我抬头仰望星空，月亮总是那么孤独地挂在天空。

　　妈妈回来后，在跟妈妈朝夕相处的日子里，我对妈妈的印象也渐渐深刻了。我喜欢妈妈那双又大又温暖的手，我喜欢妈妈那颗善良的心。只是，藏在心里的"小九九"还是一言难尽。于是，我买了一本精致的带锁日记本，把心里话都写在里面，日记本成为我的寄托。从此，我就有了写日记的习惯，我想：这个日记锁就像心里那个胆小的我，这一把锁不仅锁住了本子，还锁住了我的心。妈妈似乎看出了我的心思，经常找我沟通，我也很乐意跟妈妈说说笑笑。渐渐地，我发现，我跟妈妈很有共同语言。

　　幸福的我沉浸在母爱中。我觉得，有母亲真好，有母爱真好，我从心底里感到高兴，我真想对天空高声喊："我有妈妈啦！"从此，我的心里话都讲给妈妈听，也很少写日记了，这下，我的心锁终于被妈妈的钥匙打开了！

　　爱是打开亲情之门的钥匙，妈妈那无微不至的母爱已悄悄地打开了我的心锁。

039

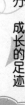

一个馒头的教训

王劲远

"天哪，今天怎么又吃咸菜馒头！"

我拿着生活委员发给我的课间餐一边抱怨着，一边咬了一口。那股咸菜的味道在我的口中荡漾开去。这咸菜馒头的确难吃。天哪！我实在不想吃了。怎么办？放在抽屉里，那股子咸菜味还不照样"缠绕"着我。我的目光不由自主地看到了前面装垃圾的废纸篓。趁着老师没来，我轻轻舒展手臂，将馒头投向废纸篓。馒头划出一道优美的弧线，直接命中废纸篓。而此时上课铃也正好响起。

"耶，压哨3分！得分王科比又一次挽救了湖人队！"我挤着眼睛向身后的同学们摆了一个胜利的V字手势。可正当我扬扬自得时，突然看到同学们一个个正襟危坐，教室里顿时肃静了下来。我觉得身后传来一阵阵凉意，我胆战心惊地转过身去，看到了班主任桑老师那两道威严冷峻的目光。

桑老师静静地凝视了我一会儿，然后转身走上讲台宣布上课。我顿时长出了一口气：希望老师没看见刚刚的一幕。可是当下课铃响的时候，桑老师就来到我面前，对我说："中午吃完饭去我办公室。"天哪，终究还是被老师发现了，我的心在下沉。

当我怀着忐忑不安的心情出现在办公室时，桑老师并没有狠狠地批评我，而是带着我来到了食堂，然后对我说："知道蒸出一只馒头要多少道工序吗？看看吧！"食堂里的师傅们正在做着下午的馒头，一个个忙得热火朝天。他们先用温水加酵母和面，和好面后等上半个小时，面才发起来了。然后师傅们再向面里加入一些面粉，用力揉面，把面揉均匀。面揉好后把大面团分成若干小面团，分别揉成圆圆的小团团。师傅们围坐在一起，将馅料包进面团，最后装入蒸笼。

看着师傅们这一个小时的挥汗如雨，辛勤劳作，再想想我就这样轻易地将他们的劳动成果糟蹋了，我简直羞愧得无地自容。老师用现实教育了我，也让我体会到了食物的来之不易。离开食堂时，回头看着师傅们忙碌的身影，我在心底默默地说："谢谢你们！你们让我懂得了'爱惜粮食'的真正含义。"

有时，我真想停电

王久宵

　　吃了晚饭，我又习惯性地坐到了书桌前，看着一摞摞又高又厚的书本，我无奈地拧开了台灯，刷的一下，刺眼的光亮让我为之一震，眼前慢慢浮现出了那天那时的那顿晚饭……

　　那个晚上，我们一家人好不容易凑到了一起吃晚饭，可是和往常一样，没有笑声，没有欢乐，连一句沟通的话也没有。饭桌上只有碗筷的交响曲，我多么想把今天在学校的见闻说给他们听！可抬头看看只顾匆忙吃饭的父母，话到嘴边又咽了回去。这时不知怎的，电灯忽然闪了一下，随即而来的是一片黑暗，我们一家人陷入了一片漆黑。

　　大家忙活了一会儿，屋内好不容易有了一丝光亮，桌上微弱的烛光照亮了我们一家人的脸。在烛光的映照下，一种从来没有过的温馨蔓延到了我们内心的每一个角落。

　　妈妈那原本不太红润的脸在微黄的烛光下显得更加憔悴了。爸爸打趣道："你们看，你妈都成黄脸婆了！"妈妈装作生气，瞪了爸爸一眼说："还不都是为了你们，为了这个家？""不管妈妈变成了什么婆，我都会永远爱她的！"我哈哈笑着说。这时弟弟稚气地嚷起来："我也爱黄脸婆妈妈！我永远爱黄脸婆妈妈！"弟弟天真的话语把我们一家人都逗笑了。就这样，你一言，我一语，这顿饭我们吃了好长时间。我知道了爸妈年轻时竟也和我一样热情奔放可笑……在他们眉飞色舞地讲述他们的故事时，我看到的是全身心散发着活力的父母。在停电时，我终于体会到了那种久违的温馨。

　　静静听着父母美好的回忆，沉浸在无尽的遐思中……忽然，刷的一下，电灯发出了雪亮的强光，把屋内照得像白天一样。爸爸像往常一样催促我说："来电了，快去学习！"我只好无奈地拿起书本，却呆呆地出神。

"发什么愣？还不快看书！"耳畔又传来了妈妈的催促声，我只好又钻进了书堆里……

　　为什么只有在停电时才能看到精神焕发的父母？为什么只有在停电时才能体会到那种特别的温馨的感觉？如果真要这样的话，我宁愿天天停电。

　　唉，有时，我也想停电。

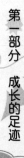

第一部分　成长的足迹

我喜欢《阿衰》

范秋乙

　　我的兴趣是看课外书，有的是我自己攒钱买的，还有的是爸爸妈妈给我订阅的，分别有《智慧少年》《安徒生童话》《恐龙大世界》《阿衰》等很多书籍。

　　其中我最喜欢的书是一本漫画书，名叫《阿衰》。漫画书中的阿衰是某个学校的学生，他在生活中是一个普普通通的孩子，甚至有点微不足道。他并不优秀，在遇到不开心的事时，他只能用自我安慰的方式来抚慰自己。他经常做出各种糗事，他有很多缺点：比如说阿衰叠纸飞机，结果一掷就东飘西荡，阿衰为了让飞机飞得稳，就在飞机的顶尖安了个圆规的金属尖，偏巧飞机飞的时候起了风，结果飞机一下子扎到了他的屁股上。

　　看完后，我情不自禁地笑出声。当我学习累了的时候，我一看《阿衰》便放松了很多。有时候我还会被书中的情节带进去，仿佛我就是阿衰，我自己有时候也会像阿衰一样，在遇到挫折时自己安慰自己。阿衰虽然是个小人物，但是他的故事给我们带来了欢笑，班里的同学们也很爱看《阿衰》。

第二部分

可爱的精灵

我悠然而坐，闭上眼，静静地欣赏着这宛如歌声般的雨滴声，脑海里有这样一幅画：大地是一张上好的绿色宣纸，初夏的雨是一支饱蘸了色彩的笔，只需轻轻一点，那色彩便晕开去，晕开去……

——赵玲《初夏的雨》

初夏的雨

赵　玲

春花秋草，夏雨冬雪，和风煦日，闪电雷鸣……这都是大自然赐予我们的瑰宝，而初夏的雨恰恰是这份馈礼中最可爱的精灵。

你瞧！那雨的到来总伴随着一种难以名状的奇特情感。天空上的云渐渐地垂下来，半遮着天空，轻轻的一阵阵凉风吹过，雨就来了。雨很细，很密，扑到人的脸上好像扑粉似的，步入雨中，让雨水顺面颊而下，嘴唇丝丝甜，还能体味出雨中泥土的气息与淡淡的花香。听！那雨声宛如银笛一般神圣，又像知心朋友一般倾诉着肺腑之言。雨，在持续地飞扬着，犹如一支缠绵的曲子，轻柔、温婉，好像生怕惊扰一颗宁静的梦幻的心；又好似一首飘逸的小诗，永远萦绕在我的身边、我的心中。

我悠然而坐，闭上眼，静静地欣赏着这宛如歌声般的雨滴声，脑海里有这样一幅画：大地是一张上好的绿色宣纸，初夏的雨是一支饱蘸了色彩的笔，只需轻轻一点，那色彩便晕开去，晕开去……伴着雨滴落地，花儿轻轻地开放……

望着这令人心旷神怡的景象，我静静地沉思：初夏的雨啊，你本是洁白无瑕的云朵，漫游蔚蓝色的天空，领略大自然壮丽的风光。为了让干渴的生命及时得到水分，你们手挽手，义无反顾地来到人间，汇成生命的源泉，为绿色的大地添上精彩的一抹。

这就是初夏的雨，倾听了这些精灵带给你的天籁之音，你便会拥有一个最纯真的、最美好的心灵。

观 日 出

文 昊

　　我非常喜欢太阳，特别是太阳刚出来那时的样子，闪着微亮的金光，慢慢地赶走了黑夜和晨雾，所以我经常早起，观看新的一天的第一线光芒。

　　早上，我见父母还没有起床，便独自走出家门。一开门，一股清新的空气便扑鼻而来，使刚睡醒的我感到精神百倍。登上阳台，我发现浓雾还铺天盖地，笼罩着整个绵阳城，大地呈现出一片白茫茫的景象。微风吹来，空气沁人心脾，叫人觉得格外凉爽。这时，只见远处天水相接的地方，呈现出微微的灰蓝色。不一会儿，东方开始发亮，出现了一块胭脂红的斑点。亮点在不断地扩大范围，天边越来越亮，越来越红，几片发红的朝霞也不知不觉地被镶上了金边。突然，太阳从远处的青山中间挤了出来，露出了小半边儿脸。它像一个害羞的女孩儿，红着小脸蛋，又像负着什么重担似的，慢慢地往上升。半圆——扁圆——整圆，太阳终于跃出了地平线，射出万道金"箭"，像一个大火球，挂在半空中。正当我看得入神的时候，光线忽然变强，照得我眼睛发疼，当我转过神儿时，阳光已经洒满了整个世界，明媚的阳光使绵阳科技城显出了勃勃生机。

　　我爱看日出，更爱看日出时第一线光芒，因为它寓意着绵阳这片热土会有着更加灿烂辉煌的明天。

047

九 寨 沟

冯舒琳

坐了几天的火车，我们来到了被誉为"童话世界"的九寨沟。听说九寨沟因有九个藏族村寨而得名。有趣的是，那里的人们为了表达对海的向往，把沟内的湖泊称为"海子"。

我们先到了火花海，火花海中有许多千年朽木，像横躺在湖底的珊瑚，在碧蓝的水的衬托下，犹如片片火花盛开在湖底，真是美丽极了！呵！在拍照的时候，我惊奇地发现在海子中间漂浮着一段千年朽木，上面长满了草，草丛中居然站立着一棵小树，你说奇怪不奇怪?

九寨沟里很多"海子"的名称都和民间传说有关，传说古时候有一位女神与恶鬼搏斗时，女神的珍珠项链被扯断而散落于此，就变成了现在的珍珠滩。当我们信步走到珍珠滩前，只见大大小小的瀑布叠着瀑布，水流直泻而下，溅起无数的水珠，仿佛一颗颗豆大的珍珠串儿。你看那高高低低、错落有致的瀑布，不断地涌出清泉，虽然比不上贵州黄果树瀑布的壮观，也没有"飞流直下三千尺"的气势，但却是一波三折，九曲三弯，非常富有奇趣。

珍珠滩隔壁就是熊猫海和箭竹海，以前大熊猫们喜欢到这里喝水，因此而得名；箭竹海离熊猫海不远，四周长满娇小挺拔的箭竹。是大熊猫们常常光顾的地方，可惜由于旅游的开发，大熊猫已经难觅其踪影了。

一天下来，迷人的九寨沟游览完了，我们依依不舍地离开了她，向黄龙风景区进发……

浪花的故事

李申娜

　　我喜欢海边的浪花，因为它和我有很多的故事。你看我漫步在海边，顽皮的浪花看到，就追着我溅我一身小花花，像是在催我下海和它玩儿。我才不去呢，我要气气它。当我静静地躺在游泳圈上时，浪花一串串地冲向海岸，好像还在为刚才的事生气呢。不过很快我们又变成了好朋友，你听它的歌声好像琴声一样动听……太阳落山了，浪花好像知道我要走了，慢慢把我推向了海岸。我依依不舍地跟浪花摆手，浪花也轻轻地点了点头，我把小脚印留在了岸边的沙滩上，陪着浪花，让它不寂寞。

第二部分　可爱的精灵

落 叶

杨 扬

几场秋雨、几次秋霜、几阵秋风，枝上的叶子便纷纷飘落了。

有人说，落叶只能带来文人墨客的几句吟诵、远方游子的几滴热泪、清洁工人的几声叹息，再找不到用处了，其实不然。

落叶可嬉。我们在林间玩耍，落叶为我们铺上厚厚的"海绵垫"，磕不痛、摔不伤；用两根叶柄对拉，比一比谁的韧性大，游戏的败者，同样洋溢着灿烂的容光；抓一把落叶掷向嬉闹的伙伴，不用担心打伤他们，她比雪团还要温柔。

落叶可赏。在我们的书页中，总夹有一些色彩斑斓、形状美观的叶片，说是作为书签，实则为了观赏；有的同学觅到一片腐叶，那叶子的叶肉已烂掉，只剩下条条叶脉，如蛛肉、似薄纱，美妙至极，令人羡慕不已。

落叶可燃。入冬之时，下雪之前，可以搂一些落叶，入袋存放。用这东西热炕再好不过了，燃之不明不灭，暖炕不烫不凉，如同铺了恒温电热毯；开春之后，无风之日，可以点燃落叶，化作肥料，滋补花草树木，换来又一片春光。

更为可贵的是：她悬挂枝头时，不与鲜花争艳，甘洒绿荫片片；离开枝头时，任凭狂风吹舞，没有怨恨悲伤，展示了淡泊无私的崇高境界，诠释了顺其自然的生存真谛。

松树真是我的老师

赵 钱

有的人爱冰清玉洁的水仙，有的人爱高贵典雅的牡丹，有的人爱傲霜凌雪的梅花，有的人爱坚忍不拔的竹子，而我却独爱那高大挺拔的松树。

寒冬腊月，任凭狂风怎样抽打，松树依旧苍翠有力，我对松树的敬佩之情便油然而生。

前不久，我独自出门去散步。刚走到那几株大松树下，一阵狂风卷起满地黄沙，吹得我直打哆嗦。我急忙躲到大松树后面，借此躲避狂风的"追杀"。过了三五分钟，风停了，在大松树茂密松针的阻挡下，我安然无恙，走出来一看，大松树的细小枝干被狂风吹折不少，松针也被吹得七零八落。忽然，树顶上响起了一声鸟叫，一个"三口之家"在大松树的保护下，安全地逃过了无情的狂风。我不禁为大松树那种置安危于度外、大义凛然、牺牲自己、保护他人的精神所震撼。

当松子成熟时，一群小孩围在松树旁，一边嬉戏着一边打着松塔，松树不但为孩子们带来了快乐，也为孩子们提供了可口的"零食"——松子，手巧的女孩还可以把松塔做成各种漂亮的装饰物。一阵微风吹过，大松树轻轻摇落松塔，那样子好像在说："小朋友，注意安全哦。"我再一次被大松树无私奉献的精神所折服。你说，她是不是我的老师？

啊，松树，我敬佩你，敬佩你不向困难低头的精神；敬佩你舍己为人、无私奉献的品质。你是我的好老师。

051

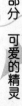

小苗·感动·生命

林煜堃

我常常在想：生命是什么呢？

春天到来的时候，我看到家里有一个废弃很久的小花盆，突发奇想地要用它来种棵小绿豆。可一看那小花盆里微微泛白的泥土，干巴巴的，跟坚硬的石头没有什么两样，我顿时失望了。这样没有营养的泥土怎么可能长出豆苗来呢？抱着玩玩的想法，我找来一把小尖刀，费了九牛二虎之力才凿开了一个小洞，扔进了一粒绿豆。

忙碌的学习生活，让我把这事儿给忘了。这天，我做完作业，来到阳台上，偶然间发现，在那干枯得泛白的泥土中有个如米粒般大小的绿点，我激动地冲屋里的妈妈喊："妈妈，妈妈，快来看，小绿豆发芽了！"妈妈急忙跑出来，我们捧起花盆，惊奇地望着那个小绿点。它刚从泥土中蹭出半边脸，不仔细看是看不出来的。看它长得面黄肌瘦，使人顿生怜悯之心，我轻轻地摸着它的小脸，说："小不点，你太厉害了！"一旁的妈妈也显得非常激动，不时地给我出主意。我赶紧拿了点花肥，小心翼翼地撒在它的四周，再一点一点地喂它喝水。泥土"呲呲"地叫道："真舒服，真舒服！"小绿苗似乎也在感谢我。

后来，我天天去看望小绿苗，小绿苗也天天都给我惊喜。它伸直了瘦弱的身子，两片嫩叶绿中带黄，在微风中轻轻地摆动。

两个星期后，小绿苗已经高过花盆了，叶子也越来越多，一阵风拂过，它高兴得手舞足蹈。在妈妈的指导下，我在它的边上插了根牙签，小绿苗就心领神会般地顺着牙签往上爬。

这天，我又如往常一样去看望小绿苗，没想到的是牙签倒了，小绿苗也瘫倒在花盆里。我想：一定是牙签太小了，插得也不够深，大风一吹，才害得小绿苗摔倒了。我一边责怪着自己，一边心疼地扶起小绿苗，重新插上了根较粗的棍子。第二天，当我再去看它时，小绿苗丝毫没有怪罪我的意思，已经像什么事情都没发生一样，顺着小棍子往上爬了。

　　我不是植物学家，我不知道小绿苗的成长是一种偶然还是自然的本能，但我觉得在这一点上它确实是表现出了一种我们人类所应该具有的道德理想。生命是可以互相感动的，爱是可以互相传递的。有时只要我们伸一伸手，就能拥有春天的绿意。

053

第二部分　可爱的精灵

游天柱山

林智超

星期六，我们在老师的带领下来到了天柱山的脚下。我们沿着蜿蜒的小路兴致勃勃向上攀登。微风迎面吹来，使人心旷神怡。站在天柱山的山巅举目四眺，天柱山的无限风光，尽收眼底。你瞧那长得郁郁葱葱的苍劲古松，正迎面向我们打招呼呢！连那从石缝间冒出来的小松树，也在向我们点头问好，好像在说："欢迎你们，小朋友。"我们在这里尽情地高歌，歌声在寂静的山中传开了，不管唱的是什么歌，听者总会露出会心的微笑。随后，我们经过了"龙头峰""天柱岩"，就来到了"仙人跳"。

054

乍一看，这只不过是一块又高又陡的巨石罢了，怎么被称为"仙人跳"呢？原来还有一段传说。相传有一天，天柱山的山神巡完山后，停在一块巨石上休息。谁知这块巨石却是一只从东海赶来游玩的千年龟精所化，当它浏览完天柱山的无限风光后，觉得有些累，就化作一块巨石睡着了。山神刚坐下，龟精跃起身，化作金光就跑。只见山神对准金光狠狠地跺了几脚，千年龟精跌下云头，就成了今天的"仙人跳"。我小心翼翼地爬到巨石顶上坐下，不禁赞叹："真是奇景啊！"你看，远处群山起伏，宛如大海的波涛在翻滚；山脚下青松翠竹，好似大海的绿波在荡漾；山顶上星罗棋布的岩石，像神龟探海，如龙头，似雄狮……

我们陶醉在这仙境般的景色中时，太阳已悄悄地躲到山后面了，我们该下山了，可我的心却始终在那醉人的绿波之中荡漾不完……快乐的一天教会我，珍藏在心中的应该是对一切美好的珍惜。

雨 景

游 畅

小雨，大家都见过，但是大家可能觉得雨景太平凡了，但我们往往都忽视了它可爱的美。

小雨沙沙地下着，打在荷叶上，青蛙跳了过来，"呱呱"地唱着。小雨为它们打鼓伴奏，小蜻蜓降落在"停机场"上，翅膀上闪着灵动的水珠。

小雨沙沙地下着，落在大树上，洗去了灰尘和泥沙，一些小树枝也顺着风开始摇摆，通过小雨发出清脆的声响，似乎在唱着："小雨，小雨，快乐的小雨，你是多么的富有活力……"

小雨沙沙地下着，落到了一块块大大小小的草坪上，敲着大地妈妈的大门，催促着躲在大地妈妈怀里的小草们赶快出门看一看，外面的确很精彩！小草们也都一个个急忙从地里探出脑袋，为我们的生活空间又添了几点绿。

小雨沙沙地下着，落在了人们花花绿绿的雨伞上，"嗒嗒，嗒嗒……"轻轻地敲着人们的雨伞，敲得多么起劲，多么欢快。瞧，它已经在我的小雨伞上翩翩起舞啦！

我爱看雨景，它是那样的可爱而又充满活力！

055

第二部分 可爱的精灵

雨·精灵

姚静雯

"下雨啦，快躲雨呀！"路上的行人一边叫喊，一边躲雨。说时迟那时快，霎时间，雨就倾盆而下。

这一场雨下得真痛快，使原本沉闷的我如释重负。这场雨有一种神奇的魔力，你瞧，落在树叶上，它们就变成了一块块翡翠；落在了黄色的瓦片上，它们又变成了一颗颗玛瑙；落在了地面上，它们又变成了一朵朵灰色的小花。真是一群五颜六色的"小精灵"。

你听，这些小精灵发出了"噼里啪啦"的声音，好像在唱着《欢乐颂》。在它们的浇灌下，大地变得焕然一新，生机勃勃；在它们的浇灌下，大地从炎热的蒸笼里挣脱出来。不过，这些小精灵可真淘气，来得那么突然，让人防不胜防。你瞧，街上没有带伞的人这回可遭了殃，他们踏着"凌波微步"，在那儿左闪右躲，找躲雨的地方。

雨继续下着，它们乐此不疲地将甘甜的雨露献给大地……

傍晚时分，雨渐渐小了，或许是这些小精灵累了。它们轻轻拍打着地面，一切都安静下来了，周围静得出奇，静得仿佛只能听见路上行人的脚步声和那嘀嗒嘀嗒的雨声……

华灯初上，这些小精灵挥舞着它们的魔法棒，原本喧嚣的城市在它们的爱抚之下，安静地入睡了……

追求辉煌

王婷婷

黎明时分，我去跑步，在一片水仙的叶子上，我意外发现了一颗露珠。它是那样的晶莹剔透，那样清纯无瑕。我想：以前为什么从未看到过？看着它那可爱的样子，我不由自主地俯下身，仔细地注视着这诱人的"大玉珠"。

太阳小心地伸出了头，俯视着世间的万物，露珠在太阳神秘的光彩下变成了一颗晶莹的"钻石"。它醒了，它在水仙的叶子上跳跃着，滚动着。慢慢地，它的身体逐渐变小，变小……这美丽的生命竟然如此短暂。我望着水仙的叶子，洒满阳光，没有露珠的一丝痕迹，没有人注意到或根本没有人知道它瞬间的存在，我不由得涌起了一丝怜悯来。

我望了望天，望了望前面的路，豁然开朗起来。这小小的露珠的一生正是为了追求这阳光下瞬间的辉煌，它甚至将自己的生命蒸发去实现心中的那个梦想。露珠在清晨中悄然诞生，来不及享受晨风的轻抚，来不及享受快乐。它这一生，只是全心全意地追求心中的梦想——那片刻的辉煌。也许通往梦想的路上布满荆棘，但追求理想的信念却从没放弃。

我振作精神，向前跑去。但愿我发现的每一颗晶莹的露珠，在阳光下都能更加晶莹透亮，但愿我脚下未知的路，都在辛勤的努力下更加平坦。

057

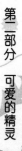

第二部分 可爱的精灵

除夕夜里美丽的烟花

蒋建东

"轰轰轰……"一朵朵夺目的礼花在除夕的夜空中闪烁；"哈哈哈……"一阵阵幸福的笑声传遍祖国各地，预示着新的一年即将到来！

吃过年夜饭，我们就被那绚丽多彩的礼花包围了。听，随着"轰"的声响，一道光亮划破了夜空，紧接着，前方夜空中开放出一朵红色的"大菊花"，它亮丽地呈现在我们的眼前。可是我还没来得及好好欣赏，又一颗闪烁的"流星"蹿上了天空。"嘭"的一声，这颗流星忽然变成了"紫云英"，把夜空映得五彩缤纷，使人叫绝！忽然，又有一颗"小火球"飞上了天空。只见它在空中划出了一条美丽的银河，银河系中的"小星星"正闪烁着光芒，仿佛在冲我们眨眼睛呢！一会儿，这些小星星又慢慢地散落下来，犹如天女散花，不禁使人看了遐想联翩，流连忘返！这时天空中的焰火已越来越多了，瞧，有的如银龙飞舞，群龙戏珠；有的又像钢花飞溅，光彩照人；有的又像繁星点点，流光溢彩……我们的眼睛有点应接不暇了，看见了这朵，又错过了那朵，看见了那朵，另一朵又不知什么时候蹿上了天……

这满天缤纷艳丽的焰火真是美不胜收，给屋顶都披上了彩衣。啊，这些多姿多彩的焰火，不正象征着我们红红火火的生活吗？

第三部分

捣蛋鬼来了

"哥哥，车车！"哦，老天哪！我的车形花盆眼看要"一命呜呼"了！只见他两只手吃力地抱起了小花盆摇来摇去，然后使劲往旁边一推。我的上帝呀！别看我长得胖，危急关头我可比一般人要敏捷得多。我猛地向右一侧，"刷"地来了个120度的急速大转弯，然后纵身一跃，双手一伸，稳稳地接住了花盆，简直做出了哈利·波特追小金球的动作，帅呆了，酷毙了！

——朱冀尧《捣蛋鬼来了》

拔 牙

何 双

几天前，我发现一颗牙齿晃得厉害，但一直不敢向妈妈说。因为我知道一跟妈妈说，她肯定让我到医院去把牙拔掉。上回医生给我拔了一颗牙整整疼了一个星期，这回说什么也不能到医院去。

又过了一天，牙晃得越来越厉害了，连吃饭时都跟着菜一块儿动，真难受。我打算自己把牙齿拔掉，我张大嘴巴用手摇了摇牙齿，嘿，这家伙，不动它，它老要晃，想把它拔下来，它还不愿意。"这么忍着也不是办法，妈妈终究要知道的，还是告诉妈妈吧！"中午吃饭时，我把这件事一五一十地告诉了妈妈。妈妈当机立断："吃完饭，立刻去医院拔掉！"

"不，明天去拔，让我准备准备。"我请求道。

"准备什么？不行，乳牙不及时拔，将来恒牙长得不好看，中午拔！"

"不，晚上拔……"我嚼着饭大声闹着。

就在这时，我重重地打了一个喷嚏，嘴里的饭菜喷了一桌。

"你这孩子闹什么，你瞧，喷得到处都是……"妈妈一边收拾桌上的饭粒，一边指责我。

我听了挺委屈，刚想还嘴，突然觉得嘴里怪怪的。我伸手一摸，"呀，我的牙齿没了。"我高兴地叫起来。

"看，那是什么？"我顺着妈妈手指的方向望去，发现我的牙齿正躺在桌子下呢！

"哈哈，以后我就用这个办法把我的乳牙统统拔光。"我欢呼起来。

"你运气倒真好，喷嚏都帮着你拔牙。"妈妈还在嘀咕着。

厕所里的歌声

李竞豪

　　我家厕所里的灯开关总坏，开关一坏就要整天整夜地点着；要不然进一次厕所就得站到凳子上去拧一次灯头上的开关，要多麻烦有多麻烦。

　　一天，我放学回来，妈妈笑眯眯地告诉我："灯好啦！"我急忙奔进厕所，一开门，灯亮着，这有什么稀奇的？再回头看看原来的灯绳，仍然没接上，难道说还是用"长明灯"的老办法？正当我疑惑之际，灯灭了。我忙大喊："妈妈，灯又坏了。"话音刚落，灯又亮了，啊，真是怪了，刚才明明是灭了，怎么转眼又亮了呢？我去问妈妈，妈妈说那是爸爸安的声控灯，白天不亮，晚上亮，并且没人的时候也不亮。我一听，直夸爸爸的办法妙。

　　唉，声控灯好是好，可就是有点儿让人哭笑不得。比如说我蹲厕所时间稍长一点儿，它就灭了，我只好咳嗽一声，它便又亮了。每次都这样咳来咳去的，我的嗓子都产生了惯性，没事时也爱咳一声，弄得同学们以为我这阵子一直感冒呢。不过我很快就发明了一种新方法——唱歌。没想到吧？坐在马桶上大声唱《两只老虎》或是《蜗牛与黄鹂》，还别说，这招挺管用。爸爸笑着说："儿子，没准儿你以后能成歌唱家呢，多亏老爸我有此一招吧？"

061

吃 钱 饺

王禹心

　　大年三十，奶奶在饺子里放了五枚硬币，五口人当中谁能吃到，谁这一年就会有钱花，而且运气就会旺。平日里爸妈那样吝啬于给我零花钱，今天我暗下决心一定要把来年的"钱路"打开。

　　终于到了吃年夜饭的时间，奶奶、爷爷、爸爸全围在桌边吃饺子，我也跑了过去，拿起筷子就吃了一个。可是出师不利，饺子里并没有硬币啊。哼，不吃了，于是我坐回沙发去看电视。"我吃到一个。""我也吃到一个。"爷爷与爸爸都吃到了。不行，我必须也得吃到一个。班师回朝，我来到厨房用手抓起一个饺子就放在嘴里。唉，还是空的。"我吃到了黄金搭档——五角硬币。"奶奶也吃到了，唉！就剩两个了。我心想：包硬币的肯定与其他的不一样。于是，我就盯着哪个饺子肚儿发暗的吃，再或者趁别人不注意用筷子碰一下盘里的饺子肚儿硬不硬。在试过几个饺子之后，我肚子就受不了了，如果再往下吃就要撑爆啦。可我还没取胜呢，怎么也得接着吃，拍拍肚子，继续努力。哈哈，真是天助我也，一个硬邦邦的东西硌在我的牙下。取出一看，果然是一枚一角钱的硬币。"奶，我吃到硬币了！"我拿着硬币在奶奶眼前晃了晃，以证明我今年一定会有钱花。为了把最后一枚硬币吃到手。我趁别人不注意，在饺子盘里寻找目标。唉，最后这个不雅的举动被妈妈看到了。我伸了伸舌头走开了。

　　后来，在大年初一的早上，那最后一枚硬币也让我吃到了。耶！我有钱了！不过我希望今年在学习上也能像吃硬币一样有更大的收获。

绰号公司

黄 敏

在我们班，有个叫"蟑螂"（张铨）的同学成立了一家"绰号公司"，他自命为董事长，经常给同学们取"绰号"。就拿我来说吧，我姓黄名敏，因为第二个字是"敏"，所以他就给我取了"过敏"这个绰号。

我们班的同学都有绰号，比如：如来神掌——钟惠如、夹心饼干——陈家欣、鱼打结——喻婕、留下苹果——刘娟萍。特别是刘娟萍绰号的由来还有一段小故事。

学校规定不能带零食到学校吃，有一天，刘娟萍带来了一个红通通的大苹果，还在同学们面前晃来晃去，结果被老师发现了。老师在课堂严厉地说："把苹果留下！"老师的话音刚落，蟑螂董事长和几个"公司职员"就忍不住捂着嘴偷笑。从此以后，刘娟萍就叫"留下苹果"。而老师呢，也被我们偷偷地加为公司成员，可怜的老师至今还蒙在鼓里呢。

蟑董事长确实有才华，他还根据一些同学的绰号编了顺口溜，比如：月亮巴，大嘴巴，哭起来，哇哇哇。为什么最后一句要叫"哭起来，哇哇哇"呢？因为我们班的同学都看过"月亮巴"哭，她哭的时候真的像小孩一样"哇哇哇"的。

这就是我们班的绰号公司，本人在公司里担任广告策划一职。同学们，你想拥有一个属于自己的独特绰号吗？你想在公司占有一席之地吗？请速与我公司联系，我公司能使你梦想成真。

捣蛋鬼来了

朱冀尧

"朱冀尧，你的表弟今天下午要来了，做好准备吧！"爸爸放下电话，笑眯眯地说。

"什么？"这消息如同一个晴天霹雳，吓了我一大跳。我立刻放下电视遥控器，像一支离弦之箭，冲进自己的房间，把我最心爱的《哈利·波特》和侦探书、密码本……统统藏到了柜子里，小心翼翼地锁了起来。

"呼——吓死我了！"我擦把冷汗，心神不定地想："那个顽皮的小家伙一定会和上次一样，把家里弄得鸡犬不宁……"想着想着，不禁打了个冷战。吃完午饭，我还把家里所有的玻璃杯、剪刀、水果刀都藏了起来。俗话说得好：防患于未然嘛！

下午3点，我正在写作业，突然听见门铃"叮咚叮咚"响个不停，同时还伴随着一阵"噼里啪啦"的拍门声。妈妈笑着宣布："齐天大圣驾到！"我立刻抖擞精神，打开大门。"乓——！"一声清脆的童音，小表弟睁着乌溜溜的大眼睛，举着一把小手枪，正对着我瞄准呢，我赶紧举手投降，假装中弹，倒在沙发上。"咯咯……"小表弟开心地笑了起来。就这样，我担当了他的临时"保姆"和玩伴，不停地跟在他后面捡手枪、收积木、扶椅子、擦地板……累得我头晕眼花、气喘吁吁。

"哥哥，车车！"哦，老天哪！我的车形花盆眼看要"一命呜呼"了！只见他两只手吃力地抱起了小花盆摇来摇去，然后使劲往旁边一推。我的上帝呀！别看我长得胖，危急关头我可比一般人要敏捷得多。我猛地向右一侧，"刷"地来了个120度的急速大转弯，然后纵身一跃，双手一伸，稳稳地接住了花盆，简直做出了哈利·波特追小金球的动作，帅呆了，酷毙了！可是我还没来得及好好崇拜一下自己，只听见"啪"的一声，我回头一看，我的小闹钟又粉身碎骨了……

"老天爷——"我仰天长啸："谁能救救我呀！"

弟弟来啦

张　瑞

　　放假在家的日子会很无聊，我的心情如外面的空气，闷热、烦躁。一天早晨，我的目光向西偏北35°方向移动，突然，日历上一个清晰的数字映入眼帘，上帝，我那可爱的弟弟今日就要"大驾光临"了！太好了！

　　8点左右，我从窗户看到了弟弟家的车开了进来。我以迅雷不及掩耳盗铃响叮当之势，跑下楼去。N秒之内到达"现场"（N不大于15）。"噢，布迈若啊得！"弟弟下车就冲我喊。"这是哪国语言啊？"还是叔叔"懂"，说："啊，他刚学英语，总说错，是'My brother'！"原来如此。弟弟又说："我的mother有事，来不了了。""得了，别得瑟了，快上楼！"叔叔边走边喊。刚上楼，爸爸妈妈寒暄过后，弟弟便要玩，爸爸让我带他出去玩，一系列搞笑的事就要开始了。

　　刚出门，弟弟就问我："哥，你耳朵真大。"我说："大耳朵的人有福。"弟弟说："不对，'屁哥'（pig，猪）的耳朵比你还大！"我无言以对。他也许瞧出了便宜，又问我："三只苍蝇，打死一只，还剩几只？"我一边摆弄着他的玩具，一边说："这种题难不住我，一只也没有。""哈哈，错了。"他眨着大眼睛说，"还有一只，打死的那一只！"他笑了起来。我也笑了："你这个小坏蛋！"他又装着很呆的样子问："小坏蛋？骂谁啊？"我说："小坏蛋骂你！""对，小坏蛋骂的我！"他两手一叉，得意扬扬地说。气死我了，我堂堂一个初中生，竟然"斗"不过一个三年级的小屁孩！对了，他来时说了英语，看来英语是他强项，要是这一项赢了他，就好办了。于是我对正在挖沙子的弟弟喊："过来，我考考你。"他扭头看了看我，故意用"方言"语气说："考么子，最讨厌考试咧！"但却向我这边走，问："考什么？"我说："'eye'是什么意思？"他摇头："不知道，忘了。"我不禁得意起来："不知道了吧，看我鼻子两边是什

么？""是雀斑！"他说着笑了起来。我刚要发怒，他指着刚挖好的沙堆说："哥，看我挖得怎么样？"说真的，真不咋地，但我为了"不打消他积极性"，说道："真不错！""那把这个城堡搬进屋里去吧！"什么？沙子做的"城堡"怎么可能搬走呢？见我不同意，他便要哭。还好叔叔在阳台喊："吃东西了！"他立马"多云转晴"，跑上楼去。唉，真是一个小馋猫！晚上，弟弟和叔叔要走了，我还真舍不得，弟弟却高兴地和我再见："白古……啊，Good bye！"我乐了。

电视"争夺战"

高　鑫

在我的家里，电视是唯一不可或缺的东西，围绕着电视，还发生过许多次"战争"。

你瞧！今天的晚饭，我们都吃得特别快，也都时刻关注着别人吃饭的进展。

只听得"啪"的一声，爸爸放下了碗筷，"我不吃了。"

看到此情此景，我和姐姐也迅速地撤离餐桌，像箭一样冲向了客厅，妈妈也紧随其后。我的速度最快，首先坐在了看电视的最佳位置上。爸爸是个大长手，比我抢先拿到了遥控器，妈妈则用手迅速地捂住了电视机的开关，不让爸爸遥控电视机，姐姐跑得最慢，只能在旁边观战了。

"我看球赛！"爸爸首先说道。

我也抢着说："我还要看演唱会呢！"

"还是新闻节目比较实用些！"妈妈跟着说道。

三个人谁也不肯退让一步，谁也看不了电视，我们就这样僵持着。爸爸最狡猾了，问我："你写完作业了吗？"我早就料到他会用这一招儿，便回应道："早就写完了，就等您给检查了。"

爸爸见我不上当，便把目光转向了妈妈："你洗碗了吗？别等到水凉了，就不好洗了。"妈妈竟然上了当，把手从电视机开关处移开，洗碗去了。我见爸爸毫无退出的意思，只好求助一旁的姐姐。我给姐姐使了个眼色，姐姐就离开"战场"，独自回卧室了。

我和爸爸进入了僵局，还是谁也不肯退让。

"丁零零……"

爸爸的手机响了，爸爸不得已放下手中的遥控器，去接电话。当爸爸发现是中了姐姐的"调虎离山"之计时，早就为时已晚啦。

就这样我和姐姐终于看到了期待已久的明星演唱会。

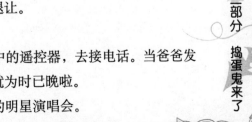

钓 小 弟

汪 越

弟弟不爱吃饭，妈妈教给我一个特殊任务：把小弟抓回来吃饭。你要知道，我这个小弟脾气很倔强，不用特殊方法是绝不能把他请回家的。

嘿，有了！小弟早上不是向我要一元钱去买泡泡糖吗？我得让他自己乖乖地走到家里，嗯，就这样做。我跑到商店，买了一块大大泡泡糖，然后找一根细而柔韧的钓鱼线，把泡泡糖来个五花大绑。我边绑边想，哼！小馋猫，这回看你中不中计？我只要躲在一个角落里，再一拉一放不就把你搞定了吗？

一切准备OK后，我拿着细线，小心翼翼地潜入小弟经常去玩的胡同。我蹑手蹑脚地摸入小弟的"领地"，环顾四周，哈哈！一棵大树正好立在胡同角落里，我马上窜到树下，贴住树干，躲在后面，然后举起泡泡糖朝小弟掷去。小弟正津津有味地玩玻璃弹珠，突然发现天上掉下一块泡泡糖，他喜出望外地跳上去，抓了个正着，托在手心，叫道："这是谁的泡泡糖？没人我可要拿走了！"我瞅准了机会，用力一拉细线，泡泡糖跳到前面地上。到嘴的泡泡糖，小弟是不会放弃的，他继续追，等他蹲下捡时，我又用力一拉，就这样，我们停停追追，一直把小弟骗到了家门口，我这才喘了一口气。只见小弟两只手按在大腿上，直喘粗气。

这时，妈妈出现在了门口，小弟这才大梦初醒，刚要逃跑，却被妈妈伸出的如来神掌，一把揪住耳朵，拎到饭桌前。耶！成功了！我一蹦三尺高。

公鸡下蛋

张 琳

你知道公鸡能下蛋吗？这样的事你一定好奇，那我就给你讲讲吧！

那时我正上幼儿园。一天早上，爸爸买来了一只小公鸡，我高兴得又蹦又跳。小公鸡真神气，红红的鸡冠，金黄的小嘴，身披洁白的"外衣"，小尾巴翘得老高。很快我与它成了好朋友，它也在我的精心照料下越长越大。

一天，我突然听见爸爸妈妈商量要杀鸡。我忙对爸爸说："爸爸，不能杀小鸡。"爸爸笑着说道："不杀也行，不过小鸡今天可得下个蛋哦。"我高兴地跑到小公鸡身边，一边抚摸着它，一边对它说："小公鸡，我好好喂你，你可要下蛋啊，要不你就没命了。""孩子，别傻了，小公鸡哪会下蛋啊。"姥姥心疼地说。"不，它一定会下蛋的。"我虽然嘴上这么说，心里却不踏实。

我坐在台阶上，望着心爱的小公鸡，苦苦想着……突然，我心里一亮，有了，我装着没事的样子，走进厨房，从那个放着鸡蛋的碗里捡了一个最大的放进口袋，跑了出来，我把鸡蛋放在小公鸡的肚子底下，兴奋地喊："爸爸，小鸡下蛋了。"爸爸走过来，从小鸡肚子底下拿出蛋笑着看了看我。哈哈，爸爸被我瞒住了，小鸡得救了。我心里暗自庆幸，跟着爸爸跑进了厨房。叭，蛋壳被爸爸碰碎了，却不见蛋白、蛋黄流出来。我呆了，原来这是个熟鸡蛋。

这件事是不是有点"傻"？可是，谁没在小时候干过几件傻事呢？

第三部分 捣蛋鬼来了

假期里的快乐事儿

张晓阳

假期里有件快乐事儿，我、娜娜姐、萍萍姐，还有妹妹都成了化妆师！

一天中午，哥哥正在睡觉。忽然，我的脑中浮现出一个馊主意——给哥哥化妆。我马上把这主意告诉了她们三个人，一阵叫好后，化妆行动便悄悄开始了。

我们准备了润面油、啫喱水和皮筋儿等工具。找好时机，萍萍姐就在哥哥头上挑了一小股头发，喷了啫喱水，然后用皮筋扎住。此时的哥哥看上去像个五六岁的顽童。就在这时，哥哥去挠头，我赶紧用手把小辫捂住，才躲过这一次"危难"。头上工作做好了。接下来，我们开始做面部工作。娜娜姐给哥哥的脸上搽了一层厚厚的香粉，哥哥以前那黑黝黝的皮肤这时显得又白又嫩。妹妹建议再涂些胭脂。呵！哥哥的脸上顿时像挂了两个红苹果，红得诱人，红得可爱；我又在哥哥嘴唇上、鼻尖上涂了口红。这时哥哥突然抽动了一下嘴，好像梦到了什么好吃的，哈哈，他可一定梦不到此刻自己像一个小丑……

哥哥醒来之后，便匆匆上班去了。下午，哥哥一进门就叫道："哪个坏蛋干的好事！"我们再也忍不住了，哈哈大笑起来。

现在想起假期里这件快乐的事儿还会偷着笑呢！

煎蛋插曲

张峪旗

煎鸡蛋，本是件十分普通的事，没什么特别之处，可你听了我的煎蛋乐事，保你笑翻天！

一次，我在玩电脑游戏，也不知过了多久，突然感觉肚子很饿，而且特想吃煎蛋。当时爸爸正在看电视，是他最喜欢的足球。我恳求了他多次都无效，最后爸爸让我自己学着做。我以前也看过爸爸如何煎蛋，估摸着自己也能煎个差不多，于是就同意了。爸爸帮我打开火说："可以放油了。"然后又大概说了一下流程，爸爸就回屋看他的足球去了。

我倒好油，等着加热，只听爸爸在客厅里喊："加油！加油！"我一听，噢，还得加呀！于是又加了一些油，这下行了吧。这时只听爸爸又喊："加油！加油！"我便又加了一些油，心想要加这么多油啊！这岂不是要变成油炸蛋了吗？我大声问："可以打鸡蛋了吗？"爸爸回答："可以打鸡蛋了。"我打了几个鸡蛋，正在用铲子翻呢，只听爸爸喊："再来一个！再来一个！"我又加了两三个鸡蛋，还没等搅拌呢，爸爸又喊："再来一个！再来一个！"我又打了两三个鸡蛋，心想，这都打多少个了，难怪加那么多油呢！可把我给忙坏了！

我正紧张地在厨房里忙着，爸爸走进厨房说："完了。"我问："这么快就完了？可是还没熟呢！"爸爸说："什么呀，是足球失败了！唉！"当爸爸看到三个空油桶和十多个空鸡蛋壳时，哈哈大笑起来。原来，爸爸说的"加油"和"再来一个"都是在为足球队呐喊呀！

第三部分 捣蛋鬼来了

双 眼 皮

王禹心

妈妈是双眼皮，爸爸是单眼皮，而我生下来就是单眼皮。妈妈说我变双眼皮有百分之五十的希望呢，所以她好希望我哪天变成双眼皮。

记得小时候有一次感冒了，第二天早上我忽然间变成了双眼皮。妈妈这下可高兴坏了，便与爷爷、奶奶、爸爸大声说："儿子眼睛终于像我了！"弄得全家人哭笑不得。我也不知道到底还会不会变回去。妈妈生怕我变回去，时不时地来到我面前瞅上两下眼皮。我也时不时地照镜子，生怕双眼皮跑了。直到我感冒好了之后，双眼皮还在我眼上待着。我来到妈妈的办公室，她竟然兴奋地与同事说起我变双眼皮的事。可是好景不长，过了两天，我的双眼皮就真的消失了。妈妈从此再也没有和别人提起我的双眼皮了。

谁曾想妈妈不知听谁说，贴双眼皮贴时间长了可以让单眼皮变成双眼皮，于是她便买了来拿我做起实验。母命难违啊！刚开始妈妈没有经验，贴的时候不是往上就是太往下了，有时还把睫毛贴在了里边，弄得我总觉得不舒服。可我发现贴上去之后，确实变成了双眼皮，想想妈妈的良苦用心，还是挺了下来。一上午下来，我的眼皮贴在我揉眼睛的时候掉了下来，咦，别说那眼皮还真是双的。这下可坚定了妈妈要把我变成双眼皮的决心。在贴了五六天之后，偶尔眼皮上存有一个变双的印，偶尔一只眼或两只眼消失了变双的痕迹，偶尔两只眼睛全是双的。邻居来我家的时候，看到了眼上的双眼皮贴，弄得我这个小男子汉真是不好意思。用了半个月之后，我也受够了每天贴眼皮贴的折磨。最后还是爸爸说了句话才让妈妈停了下来：原装的才是最美啊！

爱看韩剧的妈妈，难道您不知道剧中的帅哥都是单眼皮吗？我可是长着明星的眼皮哟！不管我以后有没有机会变双眼皮，我都是您心中最可爱的儿子啊。

舔 胳 膊

张君君

童年犹如一片金色的沙滩，星星点点的贝壳在阳光下闪闪发光，每当回想起童年趣事，我就忍俊不禁。

记得小时候，我家养了一只猫，名字叫小雪。它长得可爱极了，还爱撒娇，你看它长着一身雪白的毛，白的像墙，像瓷器，毛茸茸的像个雪球；眼睛是幽蓝色的，一到了晚上还闪着幽幽的蓝光，像鬼火；哦！我还忘了说，千万别惹火了它，它那锋利的爪子可不认人哦。

一天中午，太阳公公挂在空中，照得大地，暖呼呼的，我正在院中做作业。突然，小雪无声无息地走进院子，一屁股坐在院子中央慢慢躺下，闭目养神，晒起了太阳。

过了一会儿，只见小雪睁了睁眼睛伸了个大懒腰，弓起腰，张开嘴，又"喵"地娇叫一声，伸出红色的舌头"洗了一把脸"，坐在地上，又津津有味地舔起了爪子来，还舔得满香的嘛！我迷惑不解，皱着眉头飞也似的跑进屋去问爸爸。爸爸在屋里正忙着给乡亲看病，我跑过去，没头没脑地问："爸爸，猫为什么爱舔爪子，难道猫爪子很好吃吗？""猫是在给自己增加营养！"爸爸头也不回地回答道。原来如此！我恍然大悟。

别人都说我像那黄豆芽，骨瘦如柴，可能也像小雪一样少了点营养。我何不也来晒个太阳，再舔胳膊，也给自己增加点营养。这样就可以使自己"身强体壮"，力大如牛，何乐而不为？于是我卷起袖子，在太阳下坐下，摇头晃脑，念念有词，接受严酷的"考验"。

在太阳的炙烤下，没过一会儿，我就热得汗流浃背，心里沾沾自喜：到时候……于是我伸出寸长的舌头凑到胳膊上，忍着痒，在胳膊上来回"扫荡"。这味道真难闻，咸咸的真难吃。

就在这时，我的怪异举止被妈妈看见了，觉得很纳闷，还以为我得了

怪癖。连忙走过来问。当我告诉妈妈我是在舔胳膊增加营养时，妈妈笑得前俯后仰。边笑边告诉我："猫的身体中缺少一种营养，只有经过阳光的照射后，才能在皮毛上分泌出微量元素来补充营养。"我听了不禁哑然失笑，真是哑巴吃黄连——有苦说不出呀！于是逃命似的跑回屋里洗了一个冷水澡。

　　每当回想起这件事，我都忍不住哈哈大笑，童年的我真傻，但傻得可爱，从中我懂得了一些知识。

我家的留言本

金佳琦

我家有一本留言本，要是我们有什么事，就可以在留言本上留言。这样，彼此就不会再有什么担心了。因为妈妈不会写字，所以留言本上几乎没有她的留言。

我爸爸因为年纪大了，小时候上的学也不多，他的留言最有意思，常常要费我们好大的劲儿才能基本领会他的"精神"，因此弄出过不少笑话。

一次，我和姐姐去了乍浦，回来时，本想把车子放进车库，可钥匙却在爸爸那里。我们上楼去找他，可爸爸不在。我们就往留言本上瞧。读着读着，我们就笑了起来。应该是"衣服"，爸爸却写成了"衣上"，这大概是我们常常讲方言的缘故吧。还有那"热水瓶"，在他笔下就成了"热水胡"。"张水"，我们一看马上就想到要我们把水积满。到后来，我们干脆就琢磨不到他的意思了。比如有个叫"浇烦"的，我和姐姐猜了半天也没领悟到它的含义。没办法，我们只好等爸爸回来再说了。唉，真是的。

正在这时，爸爸回来了。他进门就问："饭烧好了吗？还有衣服收了吗？开水倒好了吗？水积满了吗……"我和姐姐听了，顿时目瞪口呆，原来那个我们看不懂的词居然是"烧饭"啊！天啊！老爸的本事，真是让我们佩服佩服啊。

老爸可不管这些，最后还是把我们说了一顿。唉，一切都是方言惹的祸，一切都是错别字惹的祸啊！看来，我们还真得把普通话说准了才行，要不然，我们也会犯这样的错误，那时，不被人笑死才怪呢！被人笑还是小事，耽误了大事可不得了哦！

075

我们班的调皮大王

余乐乐

我们班的王猛在学校可是鼎鼎有名，就因为他很调皮。

王猛是个大胖子，一看他那黑黑的皮肤，就知道，他常常"奔波"于太阳底下。黑肉包似的脸蛋圆滚滚的，小小的眼睛经常眯成一条缝儿。瞧他这副长相，想不引人注目都难哪！

一次上美术课，老师迟到了一会儿。这下王猛可逮到机会啦！他一下子就蹦到桌子上，挥舞着油光发亮的红领巾，扯着"公鸭"嗓子喊道："同志们，冲啊！要……"话还没说完，美术老师边走进教室边问："要干什么呀？""要坐好呀！""哈哈……"全班同学哄堂大笑。美术老师打量了一下此刻站得笔直的王猛，问道："你就是大名鼎鼎的王猛吗？""正是小人。""要怎样你才能不说闲话呢？""让我坐下，我就不说。""如果还说呢？""那就请大人罚小的三百大板！"全班同学忍不住又笑出了声。而看看王猛呢，他正瞪着那双小眼睛，做出一副无辜的模样呢！同学们笑得更厉害了，美术老师也忍不住笑了起来，让他坐下了。

瞧，这就是我们班的调皮大王——王猛。一个调皮捣蛋让人头痛的"坏"小子，可是万一少了他呢？恐怕又要少了很多欢乐了！

用洗衣机洗菜

闫熠坤

童年是什么？是树上的金蝉，是水中的鸣蛙，是牧笛的短歌，是伙伴的迷藏……童年还是一包洗不干净的菜……

那时候我才5岁，有一次妈妈买回了一大包菜，见我坐在沙发上没事干，就对我说："月亮，帮妈妈洗菜好吗？""好的！"我爽快地答应了，说着便蹦蹦跳跳地来到厨房。我一看那些菜，傻眼了：白菜，一大捆，我的两个小手握都握不过来；黄瓜，四大根；西红柿，五六个……这么多的菜让小小的我去洗，怎么能行？

我看着那一大堆菜，忽然灵机一动，妈妈平时不是把很多的衣服都塞到洗衣机里一起洗吗？这样洗衣服又干净又省事，那我这样洗菜一定也可以的。嘿嘿！说不定妈妈还夸我聪明呢！

想到这里，我便拎着一大包菜来到洗衣机面前，踮起脚尖儿掀开洗衣机盖子，小心翼翼地把菜统统放进去，然后轻轻地盖上盖子，按了一下"启动"的按钮。"轰轰"洗衣机启动了，我坐在一旁，美滋滋地想着我这高明的洗菜方法。过了一会儿，洗衣机停了，我想，菜一定洗干净了！我又小心地打开洗衣机盖子，"啊！"这是怎么回事呀？白菜成了"光杆司令"，黄瓜遍体鳞伤，西红柿杳无踪影……这可怎么办？好心帮妈妈帮成倒忙了。这时，厨房里传来妈妈的声音："月亮，菜洗好了吗？我要炒菜了。"我一听慌了神儿，只好默不作声，脚底抹油——溜吧！

童年就是这般天真无邪，童年就是这般幼稚可笑。但在我的心里，童年的每一件事都像晶莹的露珠，那么耀眼，那么闪亮……

077

第三部分 捣蛋鬼来了

捉"贼"记

柳杨洋

今天，妈妈带我去游乐园玩儿，一直玩儿到太阳快下山了，才回家。

"真开心呀！""就是呀，下次我还去玩。"我和妈妈在幽静的小路上，边走边说。

"终于到家了！"妈妈大声说道。"妈妈，你有没有……"话还没说完，妈妈用颤抖的声音对我说："我也看见了……"

原来，我们突然听到楼上有声音，还不时发出阵阵亮光。

哎呀妈呀！不会是小偷光顾我们家吧？我不由得浑身泛起鸡皮疙瘩。

我二话没说，拿起楼道里的木棒就要往上冲，妈妈拉住了我的手说："不能莽撞！"

"那你先上？"

"行！"妈妈小心地上了楼。

078

足足过了十几分钟，妈妈就是不下来，我有些等不及了。

只听楼上传来一阵脚步声，"是不是老妈寡不敌众……好哇，敢欺负我老妈！"我抓起木棒就冲上了楼。

我一脚把门踹开，大喊："冲啊——"

"咦，怎么是老妈？"我急忙刹车。

"贼呢？""小小一个毛贼，我一个手指就把它制服了。"

"那毛贼是个什么样子，我倒要看看。""就是它喽。"

"哎呀，竟然是我们家的电视！""你忘了，今天上午停电，走之前你没关，傍晚来电，它又自动开启了。"

唉，原来是虚惊一场。

一节有趣的语文课

彭 凡

这几天，我班的每位同学都感到很郁闷，为啥？还不是在体育比赛接力中痛失第一名。作为体育特色班级，太丢人了……

"丁零零"，上课了，曹老师大步流星地走进教室。

曹老师笑了笑说："请你们准备一张白纸。"

咦？无缘无故的干吗拿白纸啊？我有点丈二和尚——摸不着头脑了。同学们也跟我一样，有的说："肯定是要默写词语了，哎呀，我还没复习呢！""不可能，昨天我们不是刚默过吗？""怎么又要默？肯定是要画画。""笑话，老师的语文课怎么可能改成美术课呢？"嗯，猜归猜，大家都不明白老师葫芦里卖的是什么药啊。

终于，曹老师发话了："请大家在纸的正中央写上你们的名字。"写名字干什么？真是搞不懂。我疑惑地写上自己的大名：彭凡。

接着，又听老师命令道："然后在你姓的左边写一个大写字母E。""E？"又不是英语课，难道是要检测我们英语水平？

"第三步，在你的姓上面写M。"这时候大家就更好奇啦！有的拿起纸在太阳光底下照照，希望能发现什么秘密，可是，一无所获。有的还像在检验钞票真伪似的在纸上弹弹。还有的更可笑，拿起纸嗅来嗅去。

"第四步，在姓的下面写上大写的W。"我不想再猜，反正也猜不出什么名堂，只希望快点知道这里面的玄机。

"第五步，在你们的姓名最后一个字的下面再写上一个W，并在它的后面写上Q。然后用弧线连起来。"

啊！一头可爱的小猪跃然纸上啊！大家哄堂大笑。看哪，那头可爱的小猪正朝我们乐呵呵地笑哪！

　　曹老师随后说："心态好，人生也就好，一个人的心态决定着你对事情的态度，好的心态就是把压力转变成动力，做人不可以为一时的不顺而痛苦不已，你们看，小猪永远是那么快乐，才能给人带来快乐。相信自己，相信我们的实力。"

　　同学们这才恍然大悟。

和小鸡比干净

王　伟

星期天中午，我正和妈妈、爷爷吃午饭。突然门外传来了喊声："王伟，饭吃好了吗？快来玩军旗啊！"原来是小伙伴杨凯峰找我下旗，"哦，来了。"我扔下饭碗就往门外跑。"唉，王伟，你怎么嘴也不擦一擦，我们家的小鸡都比你干净呢！"妈妈站起来连忙说。

我一边往外跑，一边想着妈妈的话："我只见过小猫洗脸，可没有看见过小鸡洗脸，它怎么会比我爱干净呢？"这可是关系到我的名誉，我得弄个明白。

我跑到楼下，看见杨凯峰手里提着军旗正朝我看。"杨凯峰，今天我们不玩棋了，我们去看一看小鸡洗脸，怎么样？""小鸡洗脸，我没有看见过，小鸡怎么会洗脸呢？"杨凯峰也一脸的疑惑。"嘿，杨凯峰也说没见过小鸡洗脸，妈妈一定是在蒙我。"我心里嘀咕着。想是这么想，可不亲眼看看我不死心。"杨凯峰，我们到鸡棚去看看。""好，走。"

我和杨凯峰来到我家的鸡棚。鸡棚里小鸡正在吃食，有几只小鸡吃完了，把嘴巴往地上左一下，右一下地擦。"王伟，你瞧，小鸡还真的擦嘴，你瞧它们擦得还挺认真。"杨凯峰指着小鸡说。我摸了一下自己的嘴，一手的油，还有一颗饭粒，我转身就往回跑。"王伟，你哪儿去呀？"杨凯峰在我身后喊。"我去擦擦嘴，可不能让小鸡'笑话'我不爱干净。"我一边跑一边喊。

081

第三部分　捣蛋鬼来了

蜗牛赛跑

谭金宇

雨下完了，天气渐渐放晴，但空气依然湿润，地上满是水渍。屋外的护栏上，一只只蜗牛正在忙着赛跑呢！

那只背壳上有花纹的蜗牛，是我的"大花"，因为是比赛的选手，所以我在它的名字里加上个充满必胜意味的"大"字。我的伙伴们的"选手"是用颜色来命名的，一只叫作"白色使者"，一只叫"黑脸将军"。

现在，所有小伙伴都给自己的选手加油鼓劲儿，大呼小叫地好一阵闹腾，蜗牛比赛倒成了"啦啦队"喊叫比赛了。其实不管你怎样卖力地喊叫，这些蜗牛也不一定能听懂。因为它们是我们一时兴起，临时组建的，所以它们我行我素，懒散地爬着，甚至不按规定的路线走。不一会儿，"白色使者"领先一步了，紧追不放的是"黑色将军"。可我的"大花"呢，简直气死人了！它爬了一阵嫌累，居然钻进壳里睡大觉去了！我气得脸红脖子粗，指着它一通臭骂："大白天睡觉，你真是个懒虫！"但无论我怎样破口大骂，它都无动于衷，我只好自认倒霉。

眼看前面两只蜗牛就要到达终点，决出胜负了，躲在壳中的"大花"却突然来了精神，钻了出来重新上路了！而前面的两只，却不知怎么搞的竟然调头往回走了。我高兴极了，看来那两个愚笨的家伙，把冠军宝座拱手让给我的"大花"了！

今天的比赛太出人意料了。看来我的"大花"名字没白起，说不定以后还会成为一名"体坛健将"呢！

082

第四部分

我发现了一个秘密

在砖场，我和老母猪玩儿起了捉迷藏。老母猪一进砖场，先四下看了看，一看没有人，它就立刻趴在了地上。我屏住呼吸，心里暗暗高兴，心想它可真是一只笨猪啊，自己的孩子还没有找到，就趴下休息。谁知，老母猪趴下来不是休息，而是在寻找小猪崽儿的气味。它一点一点地逼近了我的藏身地，吓得我连大气都不敢出。最后，我跑进了一间屋子里，我亲眼看见，老母猪也嗅着味道跟了进来。没有办法，我只能把小猪崽儿放下来，还给愤怒的老母猪了。

——岳昊博《我发现了一个秘密》

哎呀，小白兔竟然……

史国滇

　　今年过生日爸爸送给我的礼物不是"飞机"，也不是"机关枪"，更不是"娃娃"，而是大活物——一对小白兔。

　　面对这出人意料的生日礼物，我非常喜欢。真的，小白兔太让人喜欢了——洁白如雪的皮毛，灵活的长耳朵，红宝石一样的眼睛，娇巧可爱的短尾巴。特别是这一对小白兔特别爱干净，即使身上已经没有一点污物，干净得发光了，它们还是不满意，不停地用前爪"洗脸"，还不停地用嘴巴梳理皮毛。

　　我忍不住将这对干净漂亮的小白兔抱在怀里，将脸贴在它那干净柔软的皮毛上——好舒服哟。爸爸说，从今天开始要我好好照顾这一对白兔，在照顾小白兔的过程中可以增长许多爱心和责任感呢。我下决心一定要好好照顾它们，让小白兔长得又白又壮。

　　半夜里，我感觉有些冷，赶紧把被子盖紧了些。忽然我想到了小白兔，装在纸箱子里的小白兔也一定冷得不行，应该给它们加盖一件衣服才好。

　　想到这里，我跑下床来，打开纸箱盖，却发现了一件令人非常惊异的事——小白兔正在排便，但是排出的便并不是小球球，而是非常软的稀糊状。我正在担心小白兔是不是受了凉拉稀呢，谁知排完便的小白兔却掉过头来一口又一口地将自己刚刚拉下的软便吞了下去……

　　看到这样的情景，我惊呆了——哎呀，小白兔竟然吃自己的粪便，这是干净的小白兔做出的事吗？它们为什么会吃下自己的软便呢？带着疑问，我回到自己的床上，却一直难再入睡，睁大眼睛思考这个问题。

　　早晨起来，我问爸爸。爸爸也很惊奇，不知是什么原因。于是我们一起上网查看小白兔为什么会在夜里"边排边吃"。网上这样回答——小兔在白天吃草料，在夜间或天明前排出软粪便，软粪一经排出，自己便立即将它吃掉，这样才能通过二次消化进行充分吸收，白天残渣才会形成硬粪球排出体外。家兔在夜间吃自己排出的软粪，不是因其体内缺乏某种营养物质，而是其正常的生理现象……

　　看了这样的解释，我和爸爸才弄明白，原来小白兔这种让人"恶心"的行为其实是大自然送给它们的生存方式——大自然中的许多秘密因为我们事先不知道，所以在知道的时候才会感觉惊异无比。

假如风有颜色

爸爸的惩罚泡汤了

杨 森

　　小时候，我特别调皮，经常搞恶作剧，有一次甚至给我的一件白衬衫做了"美容手术"，用毛笔把衬衫弄成了"黑白配"。爸爸见了很生气，说："小子，如果你今天不把这件衬衫洗干净，你就别想吃饭。"这下我该怎么办呢？

　　想来想去，我只好用洗衣粉洗，没洗掉，接着又用肥皂洗，还是没起色。我想没有希望了，于是又开始了新的恶作剧。我洒了一大把盐在衣服上，这时爸爸来了，我又假装在搓衣服，这样一来是想躲过爸爸的责骂，二来也期待着奇迹发生。我搓了半个多小时，手搓红了，脚也麻了，我拿出衣服一看，嘿！奇迹出现了！墨迹不见了，衬衣又变白了。

　　我拿着衣服去领赏，一桌热腾腾的饭菜摆在我的面前，我狼吞虎咽地吃着，爸爸却一直在拿着衬衫发呆，他本想教育我学好，谁知我竟把衣服搓干净了，他的计划泡汤了。后来，我从书上得知，盐的化学名叫氯化钠，是一种晶体，它不仅可以做调料，还可以除污渍。氯化钠与水溶合在一起具有漂白作用，能够除去衣服上的污渍。盐还是一种很好的家用灭火剂，食盐在高温火源下，可迅速分解为氧化钠，通过化学作用吸收燃烧中的自由基，抑制燃烧的进行，颗粒盐更是有效的灭火剂，因为颗粒含量较多，在高温下吸热膨胀，破坏了火苗的形态，同时发生吸热反应，稀释燃烧区的氧气浓度，所以能很快地灭火。没想到看起来普通的盐还真是宝贝呢。

　　看来，生活中处处有学问，只要用心观察和学习，就能学到不少东西。

虫虫的奥秘

程 禹

　　我正在南瓜架下玩耍，突然意外地发现，在一根干枯了的树枝上，有一粒小小的、晶莹而发出暗光的乳白色固体。它只有米粒那样大，形状近似椭圆，乍一看去，很不容易被发现。

　　这是什么东西呢？这个小小的东西竟把我这个小小生物"专家"难住了。对，去请教我的"小老师"去。我记下这个"不明身份"的物体的形状、大小及所在的位置，就飞一般地向家中跑去……

　　我来到我的小天地——家庭实验室。这里虽然十分简陋狭小，却是我一手创办的，说起来已经有3年多的历史了。在这3年多的时间里，我懂得了不少知识，学到了不少本领，它可真是我的良师益友啊！

　　我郑重其事地坐在实验台旁，请教我的"小老师"——《中外生物知识大全》，在书中仔细查找着："它的卵呈椭圆形，有光泽……"我急忙翻开彩图，跟我看到的物体竟是一模一样。我兴高采烈地捧着这位"小老师"蹦了起来。

　　可当我再回到发现虫卵的地点时，怪事发生了：卵不翼而飞！我急忙到处寻找，可还是不见踪影，难道它真的飞走了不成？我急得眼泪在眼眶里打转转，只好垂头丧气地往家走。这时，我忽然想起了书上的一句话："昆虫的卵在短期成熟以后，会出现自然下坠，滚落在地上，变成蛹……"我拿来小铲和镊子，把干枝下松软潮湿的泥土拨开，啊，这个小淘气鬼果然在这里。它正一动不动地藏在土缝里呢！我小心翼翼地用镊子夹起这粒小小的卵，把它放到软绵绵的塑料薄膜上。

　　我回到实验室，把那粒虫卵取下来，翻来覆去地观看，把它的大小形状及特征一一记在生物笔记本上，然后把它放在自制的能够放大400倍的显微镜下，仔细观察着它的动静。

过了一会儿，这个小小的虫卵开始动了。它的壳似乎变得越来越薄，最后就像蒙着一层纱，隐隐约约可以看见里面活动的小生命了。接着最薄的地方破了一个很小很小的洞，从洞里探出个尖尖的小脑袋，又缩了回去。过了很久，它才小心翼翼地探出头来东瞧西看，鬼鬼祟祟地爬了出来……可它哪会想到，在显微镜下，我已经把它的一举一动都记录下来了。它的身体逐渐由乳白色变成浅绿色，又变成淡青色。

瞧，它想溜！它从镜片下爬到了玻璃板上……我急忙把它捉了回来。对它进行下一项实验：测听力、嗅觉灵敏度及视力。我拿木尺在桌子上猛地敲了一下。看，它的尖尖的小脑袋突然抬了起来，脚步也慢了下来，东张西望地摇着头。嘿，它的听觉还不错呢！我又拿来了樟脑球放在它的前面，它立刻停住了，脑袋围着前面的"怪味障碍物"转了一圈，终于绕道而行了！别看它没有"耳朵"和"鼻子"，听觉和嗅觉还很灵敏哩！最后一项实验是测视力，我拿着一根细竹棍在它面前晃来晃去，可它毫无感觉，继续向前爬。原来它是个"小瞎子"！我笑了起来。实验结束了，我把结果记录在生物笔记本上。随后，我找来个透明的小瓶子，在里面放上比较潮湿的土壤，让它在那里安安稳稳地睡上一个冬天，等到来年春天它变成美丽的彩蝶之后再来探索它的奥秘……

带鱼为什么不活

王杉丹

　　我和妈妈去菜市场买菜，我经常看见带鱼，突发奇想：为什么市场里卖的带鱼都是死的，而不是活的呢？

　　于是，我就请教妈妈，妈妈说："我也不知道，反正我从来没吃过活的带鱼。"妈妈的回答没能解开我心中的疑团。

　　回到家，我拿出爸爸给我新买的一本书《跨世纪少儿百科全书》，终于查到了原因。原来，市场里没有海水，带鱼没有办法存活。海水和淡水的构成有很大的不同，淡水盐分太少。如果把海水鱼放在淡水中，淡水的渗透力小于鱼体内的渗透力，外界的水将大量进入鱼体组织，鱼体细胞死亡，特别是血液组织遭到破坏，海水鱼就会死亡。

　　另外，带鱼生活在离海面15~40米左右的海水中，习惯了海水中的巨大压力。带鱼一旦来到海面，压力突然降低，鳔内的空气因外界压力减少而膨胀，这会引起体内小血管破裂，眼球突出眶外，鱼当然也就很快死亡了。

　　疑团终于解开了，我的心也终于豁然开朗了。看来，遇到不懂的问题，应该勤于向书请教，它将给我们带来智慧，带来力量。

第四部分　我发现了一个秘密

二氧化碳很怕热

李琳莅

暑假的一天，表弟来我家玩儿，家里刚好有一瓶雪碧，我便用这个"款待"他。

我和表弟各倒了一杯开始喝，喝得直打嗝，我知道这是雪碧里的二氧化碳气体在作怪。因为生产厂商为了让人们在喝雪碧的时候感觉更爽口，特意加进了二氧化碳气体，可乐里面也有。

瓶中剩下的雪碧，我和表弟又一人倒了一杯，准备留着晚上喝，我喜欢喝冰的，所以我把我那杯放到冰箱里；表弟不敢喝太冷的东西，他那杯就放到餐桌上了。晚上我们一起喝的时候，感觉到两杯雪碧除了温度不同外，还有点不一样的地方。我们交换品尝，发现：放冰箱的那杯雪碧喝起来比较冲，容易打嗝；而喝放餐桌上的那杯雪碧，就没有那种想打嗝的感觉了。这是为什么呢？

我仔细地分析：喝雪碧时会打嗝，是因为雪碧中有二氧化碳气体。两杯雪碧是从同一个瓶中倒出来的，它们原先应该是一样的，只是后来一杯放冰箱里、一杯放外面了，难道是由于温度的差别使得一杯中的二氧化碳多、另一杯中的二氧化碳少吗？

我把想法告诉妈妈，她也不能确定。于是我让妈妈又给我买了一瓶雪碧，给我做实验用：

首先倒上两杯一样的雪碧，为了便于观察，最好用透明的杯子装；然后还得营造一个温度低的环境和一个温度高的环境。我把雪碧放冰箱里，温度是很低，但不便于观察，怎么办呢？我突然想到可以利用热水和冷水来营造温度不同的环境，于是我就把两杯雪碧分别放在两只装有凉水和热水的大碗中。

眨眼的功夫，两杯雪碧就出现了不同的现象：放冷水碗中的那杯雪碧，

090

跟之前比没有多大变化；但放热水碗中的那杯雪碧，杯中的小气泡明显比之前多了，不但杯壁内侧粘满了小气泡，杯中还有很多的小气泡不断上升，停在"水"面一小会儿后，就炸开消失了。我想，雪碧中冒出的气泡应该就是二氧化碳气体的泡泡了。这样看来，温度较高的环境确实容易让二氧化碳跑掉。

　　这样看来，雪碧里的二氧化碳气体还真是很怕热，热一点，就争先恐后地往外跑，真逗。

第四部分　我发现了一个秘密

会发光的"鬼树"

孙　斌

暑假的一天，我坐车去叔叔家作客。

汽车刚开到了车站，就看见等候多时的叔叔，叔叔把我带到停车场，把东西放在车厢就直驶农村老家。吃完晚饭，我就对叔叔说："叔叔您带我去捕鱼好吗！"叔叔说："好吧，不过要小心哦！"我高兴地说："知道了。"

我拿着渔网，就和表弟出了门。夏天的夜景可真是美丽极了，我来到田野上，晚风夹杂着稻花香迎面扑来，路边青蛙"呱呱"地叫着，好像正在表演大合唱。

这时我猛一抬头，发现一棵树在黑暗中熠熠发光，我一看，不由得大惊失色："这……这莫不是传说中的鬼树？"想到这儿，我吓得毛骨悚然，拉上弟弟撒腿就跑，连渔网也忘在一边……

回到家，叔叔看我心慌意乱的样子，就问我："怎么了？不去夹黄鳝，这么早就回来了？"我慌慌张张地对叔叔说："我刚才看到一棵会发光的鬼树。"叔叔一听哈哈大笑说："咱们这儿是有几株在夜间会发出神秘的、浅蓝色光的树，但它们不是鬼树，而是柳树！发光的不是柳树本身，而是一种寄生在它身上的真菌——蜜环菌。因为这种菌会发光，人们还给它取了名字叫'亮菌'！"叔叔抚摸着我的头说。

听了叔叔的介绍，我不禁好奇地问："那么，蜜环菌为什么会发光？"叔叔说："这种菌喜欢生长在枯树桩上，白色的菌丝吮吸着树的残留汁液。它吃饱喝足后，菌丝遇到空气，就进行化学反应，会产生不发热的冷光。"

哦，原来是这么一回事呀，我恍然大悟。于是，我再次来到那里，用手电一照，那发光的柳树果真是一棵普通的柳树，只不过它身上披了一层闪闪发光的细菌衣服。

会放屁的泥鳅

赵首浪

一天，爸爸从市场买来几只可爱的泥鳅，准备放在玻璃缸里欣赏。我高兴地拿来网兜，把泥鳅小心地舀入玻璃缸中，只见这些小泥鳅欢快地扭着身子，争先恐后地滑入水中，自由自在地嬉戏着，不时吐出一个个水泡。

过了几天，在写观察日记时，我好奇地蹲下，仔细观察可爱的小泥鳅，随口念道："成群结队的泥鳅像赶集似的游动。它们一会儿活泼地甩着尾巴在水面吹泡泡；一会儿在水中快活地跳芭蕾舞；一会儿安静地伏在水底说悄悄话。"爸爸听了，接口说："错！不是在吐泡泡，而是在放屁。"我瞪大好奇的眼睛说："我才不相信。""不信？你自己去观察看看。"

我趴在玻璃缸边，看见一条条泥鳅扭着肥胖的身子懒洋洋地游来游去，突然"扑扑"两声，从泥鳅的肛门里挤出两个气泡，气泡由小变大，浮到了水面，"扑"的一声气泡破了。果真是这样，我迷惑不解地问爸爸："这是为什么呢？"爸爸说："泥鳅在缺氧的时候，能用自己的肠子代替鳃呼吸。在玻璃缸里的小泥鳅，因为缺氧，就不时地把嘴冒出水面，猛吸一口气并吞进肚里，它肠子上的毛细血管能吸收空气中新鲜的氧气，剩下的气体经过处理就从肛门排到水里。所以，看上去像在吐泡泡。"哦，这时我才恍然大悟，原来泥鳅不是吐泡泡，而是在"放屁"，这可是我闻所未闻的新鲜事啊！

经过这件事，我懂得了观察事物一定要认真细心，还要深入思考，不能被表面现象给欺骗了。

第四部分　我发现了一个秘密

会跳舞的鸡蛋

张 杰

今天，我从科学小报上看见一篇文章《会跳舞的鸡蛋》。鸡蛋还会跳舞，没搞错吧？我半信半疑，决心照着书上的实验内容，亲自做一次，弄个明白。

我先找来一个干净的广口瓶，把瓶里放满水。再把一个事先准备好的鸡蛋，轻轻地放进水里面，鸡蛋顿时沉了下去。我挖了五汤匙盐放了进去，盐渐渐看不见了。可是鸡蛋像是存心气我一样连动都不动一下。我又放了五六汤匙盐，鸡蛋有气无力地往上升了一点，又沉了下去。我索性把剩下的半袋盐全倒了进去，发现鸡蛋还是懒懒的，为什么呢？哦，原来盐没有溶解。我忙拿筷子搅拌一阵儿，这时鸡蛋像在水底待腻了似的，像个醉汉一样，摇摇晃晃地站了起来。我用手指把鸡蛋往下一按，鸡蛋又摇晃着浮上来，在水中跳起摇摆舞来，哦！成功了！我高兴地跳起来。

为什么鸡蛋会跳舞呢？原来盐水的密度比水的密度大，水中的盐分达到一定的密度时，浮力大便能把鸡蛋托上来。据说，人能浮在死海海面上睡觉、看书也是这道理，这可真有趣。

金鱼有鼻子吗?

马昊昱

"啊,好臭呀!"是什么东西这么臭?我厌恶地捂住鼻子,在屋子里寻找着臭气的来源,忽然锁定目标,原来臭味是来自屋子里的鱼缸。

真是受不了,我端起鱼缸走进了卫生间,为金鱼换了一个新的空间。

换完水,我又为金鱼撒了一些鱼食,我故意刁难它们,把鱼食放得比较远。没想到还没到两秒钟,金鱼便游了过来。我想:咦?金鱼是怎样找到食物的呢?是它的眼睛看见了吗?还是金鱼在水里闻到了气味呢?

为了证明这个问题,我大胆地抓起金鱼观察了起来。可结果却令我大失所望,用肉眼根本看不到金鱼的鼻子。那是因为它的眼睛看见了吗?正在我犹疑的时候,突然萌生了一个想法,找两个木板,放到水里,把金鱼两边的视线挡上,再把鱼食投在离它尽量远的地方,再看看结果怎么样。

想到就做,我找来了两个木板放到水里,把金鱼两边的视线挡上,把鱼食放到离它最远的地方。可结果却和上次一样,不到两秒钟,金鱼便找到了鱼食,并且准确无误地吃到了鱼食。

我惊讶极了,既然没有鼻子,不能嗅到气味,那么金鱼是怎样找到鱼食的呢?

带着种种疑问,我坐到了电脑旁,在百度搜索上输入:金鱼有鼻子吗?在期待中我找到了答案。原来金鱼有两个鼻子,一个鼻子长在鱼头的正前方,负责把水吸进去,而第二个鼻子长在鱼头的一侧,而当水经过两个鼻子中间的时候,气味便留在了金鱼的脑中,这样金鱼就能分辨出食物在哪里了。

看了这些资料,我不禁恍然大悟,原来一条不起眼的小金鱼,身体的结构也这么复杂。

不过经过了这件事,也让我明白了做事不要凭着自己的猜想去凭空想象,要用有力的证据来证明这件事,这就是科学,科学是最有力的证据!

离奇破碎的玻璃杯

王铭哲

有一天，家里出现了一件怪事。说起这件事，还真是虚惊一场。

那天晚上，我们一起去饭店吃饭。出门前，妈妈把一只钢化玻璃杯放在了水池沿上。晚上，我们回来的时候，家里一切都很正常。又过了一个平静的夜晚，早上，只听妈妈一声尖叫："哎呀，家里来小偷了，玻璃杯碎了。"我闻声过来，只见那个杯子已经面目全非，碎渣溅得到处都是，在操作台上有一些，水池里也有一些。这些碎渣碎得十分均匀，并不扎手。妈妈的脸色变得蜡黄蜡黄，惊惶失措，手脚怎么也停不下来，连忙去翻一翻抽屉，再翻一翻柜子，都没发现少什么，整个屋子也没有被翻乱的痕迹。我也坐在沙发上冥思苦想，要是爸爸在家就好了，我们也不会这么着急。这到底是怎么回事？这个"神秘的杯子"怎么会突然在晚上爆炸？妈妈也满是疑虑，这件事不弄明白，会让我们都惶恐不安。妈妈总在不停地唠叨："到底是怎么回事？真吓人！"心里还不停地瞎想着什么不好的预兆。我突然从沙发上跳了起来，激动地说："想到了，我们可以在电脑上查啊，也许能查到些线索呢！"妈妈突然茅塞顿开，"对啊，在电脑里找。"网络不负众望，我们终于找到了答案，原来是因为这个杯子是钢化玻璃做的，体内含有预应力。预应力在温度、湿度、震动力等合适的条件下便会释放出来，结果造成了玻璃的破碎。还有一种可能，如果杯子被放在音响、电视旁边，发声的功率和杯子本身共有的频率发生共振，而杯底、杯壁在制造时密度不均匀，也会造成玻璃杯的破碎。

真相大白了，我和妈妈悬着的心终于落了下来，家里凝固的紧张气氛终于恢复了。看来我们做任何事情都应该用科学知识来做出解释，科学才是揭开未知的最有力的证据。

假如风有颜色

096

蚂蚁摔不死的奥秘

贺心怡

一天，我在家里写作业的时候，一只黑蚂蚁从桌子上出溜出溜地跑到我跟前，把我吓得大喊大叫。我把它捏起来，恶狠狠地摔到地上。可是，小蚂蚁就像羽毛似的掉到地上翻了个身，一点事都没有。我感到很奇怪，又把它扔向窗外的一块石头上，这么高的地方对小蚂蚁来说就是摩天大楼了，可蚂蚁仍是安然无恙。

我百思不得其解，一定要看个究竟。于是，我找来了电脑当我的助手，上网一查，终于茅塞顿开。原来，任何物体在空气中下落，除了受到地球吸引力外，还受到空气对它的阻力影响。蚂蚁非常小，在空气中降落，受到地球吸引力小，但受到空气阻力较大，就降低了速度慢慢落下来了。另外，蚂蚁在下落过程中，6条腿是张开的，它们急剧划动，这样减慢了下落速度，保持了身体平衡，保证落地时6只脚稳稳当当地先着地，不让身体直接接触地面。因此，蚂蚁就平安无恙了。

啊！我终于明白了蚂蚁摔不死的原因，它们可真聪明啊！

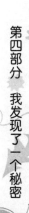

第四部分 我发现了一个秘密

母鸡啄蛋

赵炀

暑假，我背起行囊，高高兴兴地来到乡下爷爷家度假。爷爷家后院里养着一群鸡，在爷爷家的日子里，我没有事情，闲着无聊，总喜欢去爷爷家的后院里数鸡，散散心。

一天，我发现了一件非常令人奇怪的事，产蛋大王——黄大姐，最近常抱着窝，像要生蛋，但事后却找不到一个鸡蛋。这使我迷惑不解，为了搞清楚这件事情的来龙去脉，我决定做一回"小侦探"查个水落石出。

"咯咯嗒，咯咯嗒……"一声紧接一声的鸡叫声，打断了我的思绪。原来黄大姐又要下蛋了。我一拍脑门子，对呀，正好碰上母鸡下蛋，我为什么不……嘿嘿，这比守株待兔还容易，真是得来完全不费功夫。想到这里，我如出膛的子弹，飞一般的冲向鸡窝。来到鸡窝前，我来了个紧急刹车，躲在屋柱后，目不转睛地望着趴在鸡窝里的黄大姐。

只见黄大姐正趴在窝里，涨红了脸，翘起屁股，一缩一缩，憋足气，使劲抖一抖，慢条斯理地往外挤。黄大姐像是使出了全身力气，慢慢地，鸡蛋被挤出了一大半，红润发亮的鸡蛋呈现在我眼前。突然，黄大姐用力一抖，头往前一伸，鸡蛋"扑通"一下，掉在了稻草堆上。

鸡蛋像一个红红胖胖的小娃娃，躺在那儿。这时，一件不可思议的事发生了。只见母鸡站起来，抬起角质利嘴，竟然直向鸡蛋啄去。

我惊呆了，俗话说，虎毒不食子。母鸡为什么会这样做呢？我跑去问奶奶。奶奶听后，大惊失色地说："不好！这只母鸡快成精了，必须要杀了它，才大吉大利！"

我感到迷惑不解，便从书包中翻出《百科全书》查阅。原来，母鸡体内严重缺钙，才会去啄蛋来补充钙。我想出了一条妙计，从楼板上找来一些猪的牙齿骨头，微微焙干，磨成粉后，混入鸡的饲料之中，喂给黄大姐吃。

过了几天，黄大姐再也不啄蛋了，奶奶脸上也笑开了花。

螃蟹的秘密

梁珂菁

今天，我回到了姥姥家。做完作业，我和哥哥、姐姐们一起到溪边抓鱼。

哥哥安好抓鱼的篓子，我拿着棒子从上游把鱼赶到了下游。

"这次收获可真不错，看！还有螃蟹呢！"姐姐说。

"是吗？我瞧瞧！"我伸手向螃蟹抓去。

"啊！"我一声尖叫，螃蟹把我夹着了。不服气的我又小心翼翼地抓起螃蟹仔细看，原来螃蟹的夹子中间是凹凸相间的。

为什么它们夹人那么痛呢？爱探究的我回去翻遍了书，终于找到螃蟹的秘密：那些凹凸的东西叫锯齿，凹凸形能增加摩擦力，所以在捕获猎物时，螃蟹就能更加准确地将猎物抓到，还使猎物在它"手"中不能逃脱呢。虽然我没有螃蟹那么强悍的大夹子，可是，却能抓到凶巴巴的螃蟹，它现在成了我们的"猎物"啦！

世界真是大，我们要是努力去寻求答案的话，就会获得许多非凡的启示。

099

身体内的"创可贴"

黄淋琳

看到这个题目，你一定很奇怪，创可贴是一种可以止血的胶布，身体内怎么可能会有呢？听了下面的叙述你就会明白了。

一次上体育课，一位同学的脚磕破了，流了不少血，大家出于关心，都跑了过去想看个究竟。不一会儿，她的脚就不流血了，但是并没有给她用什么止血的药呀！为什么呢？这个问题留在了我的心里。回到家后，我立刻去查书，在一本与生物有关的书中我找到了答案，原来是血小板起的作用。

血小板是血液里血细胞中的一种成分，当人体受伤时，血液就会从破裂的血管中流出来，这时血小板就会在伤口处聚集，释放与血液凝固有关的物质，进而形成血块堵塞伤口来止血。血小板不就是身体内的创可贴吗？相比真正的创可贴，血小板来得更方便，我们随时随地都可以使用它，却不用总是费神去记住带它。我又想到了一个问题，便自言自语起来："能不能将人体内的血小板数量增多而形成较大的血块来堵塞更大的伤口呢？那人们再也不会因为失血过多而失去生命了……"这些话无意间被站在门口的老爸听到了。他走过来，笑着对我说："傻丫头，如果血小板过多，那极有可能在血管内出现凝血块，进而形成血栓。如果是发生在重要的血管中又没得到及时的治疗，人就会有生命危险了。""啊！这样啊？那如果血小板过少又会怎样呢？"我好奇地问。"如果过少，那一有伤口就会流血不止呀。"爸爸很认真地回答。

我想，今天我不仅了解了血小板的功能，也明白了一个道理：什么东西过多或过少都会有一定的负面影响，只有适量才会恰到好处。就比如人太贪心会不择手段去满足自己的欲望；如果太平庸，会用与世无争的态度生活，也将以一事无成的方式虚度人生。

你们说，对吗？

什么更重

熊正韬

我曾在《智慧少年》上看过这样一则笑话：有人问一个男孩，一公斤铅和一公斤羽毛，哪个更重？男孩毫不犹豫地回答，一公斤铅重。大人们立刻向他解释答案错了，应该是两个一样重。可是男孩仍然坚持他的看法。最后，男孩说："为了证明这一点，我到阳台上，从那里先往您的头上扔一公斤羽毛，然后再扔一公斤铅，咱们瞧瞧，到时看您怎么说。"看到这里，我不由得产生了一个疑问，要是小男孩真的那样做，大人会怎样？我又回复给自己一个答案，被一公斤羽毛打中，固然会有点儿疼，然而，被一公斤铅砸中，说不定是要伤及性命的。但问题又随之而来了，既然羽毛和铅都是一公斤，为什么伤的程度会不一样呢？

我一连查阅了三套不同版本的《十万个为什么》，但都没有找到答案，我只好去问爸爸。爸爸耐心地给我讲解："羽毛和铅的重量虽然一样，但羽毛与铅的密度不一样。铅的密度大，体积小，重量统一，冲击的面积也就小；而羽毛的密度小，体积大，重量分散，冲击的面积也就大。相反，把羽毛弄成一个球，它的密度也就大了。所以，伤的程度当然不一样了。"噢，原来是这样。但密度又是怎么一回事呢？我灵机一动，搬来词典，查找到密度的意思就是物质的质量跟它的体积的比，叫作这种物质的密度，即单位体积中所含的质量，用克/立方厘米表示。

通过这件事情，不仅让我又了解了一些物理知识（同等重量的物质密度越大，体积越小），还使我懂得了同样的问题，从不同的角度会得出不同的结果。

什么让花变了色

王 旭

妈妈生日那天，爸爸送给她一束漂亮的鲜花。在绿叶的衬托下，花显得娇嫩欲滴，妈妈也笑得像花一样。

为了不让花死掉，妈妈把它们插在一个精致的小瓶里，看上去效果非常好。可是好景不长，没过多久，原本色彩艳丽的花都变成深红色的了。我心里想：花为什么会变色呢？

我仔细地观察了养花用的水，发现不知道从什么时候起，水有一点变黄了，而且还有酸味。我问了妈妈才知道，这个瓶子以前是装醋的，"噢，是这么回事呀，难怪水会变酸呢。"

一定是醋让花变了色。为了检验自己的猜想，我决定做一个实验：首先，把四朵粉红的康乃馨分别插在醋水、糖水、盐水和自来水里，只一会儿，插在醋水里的花明显变红了。两个小时后，插在醋水中的花已经变成深红色的了，而其他三杯水里的花都没有变化。由此证明，让花变色的是醋。

可是醋为什么能使花变色呢？我查阅了资料后，这个谜团终于解开了。原来除了白花以外，其他的花体内有一种叫作"花青素"的化学物质，当它遇到酸性物质时会变成红色，书上还说遇到碱性物质时会变成蓝色呢。

哈哈，自然界的奥秘真是太神奇了。

石灰能煮粥吗

罗曾毅

有一天，我又在看我最喜欢的动画片《神厨小福贵》。小福贵本来正在煮粥，可旁边的人不小心把柴火浇灭了，粥还没完全煮好呢。怎么办呢？正当小福贵十分苦恼的时候，他突然看到旁边有石灰。只见他将石灰弄来，并在上面浇了些水，然后把煮粥的容器放在石灰上，结果粥真的煮好了。

我想，动画片是不是骗人的啊？石灰洒上水就能把粥煮熟，难不成这样也能生热？我决定好好研究研究。

第二天，我把我的疑惑和想法告诉了科学老师，她鼓励我用做实验的方法试试看，并根据我的需要给我提供了一些石灰、一个金属盘、一杯冷水、一个勺子和一支温度计，还提醒我一定要注意安全。我首先拿起温度计看了看，它上面显示的温度是24℃，然后我用温度计量了一下石灰和杯子中水的温度，也都是24℃，接着我用塑料勺往金属盘中放了6勺石灰，再往石灰上洒了些水，并马上把温度计插到湿润的石灰里面，只见温度计上显示的温度果然在慢慢上升，一直升到了36℃，再摸摸金属盘的底部，也是热热的。在石灰上面洒上水果然能产生热量。可36℃的温度应该不能把粥煮熟啊，怎么回事呢？

我又进行了第二次实验，这次用塑料勺往金属盘中放了10勺石灰，接着往石灰上洒了一些水，立马把温度计插到石灰里，结果温度计上显示的温度一直升到了48℃，我都惊呆了。既然在石灰上洒上水温度可以达到48℃，那它在一定的情况下温度应该还可以更高。

于是，我查阅了很多资料，发现确实如此，"生石灰浇水后发生化学反应，产生高热，其温度可达700℃左右。所以，作为建筑行业中常用的一种建筑材料，施工中石灰灼伤人员的事故时有发生。"

看来，生石灰真的能煮粥。

水蒸气的力量

赖雅靓

一天，我忽然听到厨房里有动静，心里一惊，什么声音？我连忙走进厨房。仔细一看，噢，原来是妈妈烧的水开了，水壶上的盖子一蹦一蹦的，发出了"嘣、嘣、嘣……"的声响。唉，我长长地叹了一口气，真是虚惊一场啊。这时，我的脑海里忽然出现了这样一个问题：水烧开后，盖子为什么会被顶起来呢？

我带着满肚子的疑问，走到爸爸身边，问爸爸："爸爸，水壶盖子为什么会被顶开呢？"爸爸笑眯眯地告诉我："水，是以固体、液体、气体三种状态存在于我们身边的。在正常温度下就是我们看到的水。在0℃以下时就结成了冰。而在100℃以上时就变成了水蒸气。当水烧开时，也就是水温达到了100℃以上，这时，水就会变成水蒸气。而水蒸气比水轻，所以水蒸气会从水中不停地冒出来。随着时间的推移，水壶中的水蒸气堆积得越来越多，水壶中的压力也越来越大。常言道：一根火柴火焰小，众人拾柴蹿焰高。他们觉得太挤了，便想回到自由自在的空气中去，于是便争先恐后地蹿了上来，水蒸气就把水壶盖子给撑开了。"

这时，我不禁联想到：那么粥煮滚后会溢出来是不是也是这个道理呢？后来我翻阅了《十万个为什么》，知道了煮粥时，淀粉包裹的水蒸气泡持续不断地从粥汤中跑出来，越聚越高，越聚越高，当它们堆积到超过锅子边缘时，就溢出来了。

这些现象，原来都是水蒸气的力量造成的。真是太奇妙了！

塑料管套上去了

彭 云

冬天来了，气温很低。我正在冲厕所，突然"啪"的一声，水龙头上的塑料管被水冲掉了，水哗哗地冲出来，水花溅了我一身。我忙关上龙头，把塑料管套上去，可是用尽了浑身解数，也无济于事。

妈妈见我像个落汤鸡似的，笑了，她从我手中拿起塑料管。我想，别费力了，就算套进去了，也是竹篮打水一场空——因为管子还是会被水冲出来的。

想不到的是，妈妈拿起塑料管并不是直接向上套，而是把塑料管插入有开水的水瓶中。泡了一段时间后，妈妈快速地把它拿出来，马上往水龙头上套，然后拍了两下手说："可以了。"我不相信，扯了扯水龙头上的塑料管，哇！好紧！

我问妈妈："妈妈，这是怎么一回事？""这是科学原理。"妈妈笑着说，"自己去查书吧！"

后来，我在《十万个为什么》上找到了答案。原来，这是一个热胀冷缩的原理，塑料管的管口和水龙头的出水口一样大，把塑料管放入开水中管口就会膨胀变大变软，当妈妈把它快速套在水龙头上后，因为水龙头是冷的，加上又是冬天，塑料管口遇冷就会快速缩小，最后紧紧地裹住水龙头，扯都扯不开了。看着抱得紧紧的塑料管和水龙头，我领悟到要让它们搞好团结还要多多利用科学知识，多多开动脑筋才行。

105

第四部分 我发现了一个秘密

为什么年糕加热后会变软

吕　叶

"吕叶，过来帮我做年糕！"

"噢，来了，来了！"

哈哈，我在心中暗暗地笑着，今天做我最爱吃的炒年糕！我一边闻着香味，一边快速走进厨房。一进厨房便看见妈妈在厨房里忙活着。

"嘿，别愣着，帮我把年糕从冰箱里拿出来！"

我一边答应着，一边从冰箱里把年糕拿了出来。我捏了捏手中的年糕，咦，怎么这么硬呢？正想着，妈妈把年糕一片一片地切碎，然后洒进炒锅里。妈妈大概用炒勺翻炒了5分钟的时间，一盘香喷喷、热腾腾的炒年糕就出锅了。

"嗯，这是我吃过最好吃的炒年糕了！"我使劲儿地嚼着口中的年糕，软软的，还有一种滑滑的口感。妈妈看见我狼吞虎咽的样子，忍不住笑着说："慢慢吃，别着急！"

"对了，妈妈。"我咽下了口中的年糕，把心中的疑问告诉了妈妈："刚刚我从冰箱里拿出来的年糕明明很硬，可是现在为什么这么软呢？"妈妈想了一想，说："这个问题我也不知道，但是我可以告诉你一个方法，想不想听？"我用力地点了点头。"等你吃完年糕后，自己上网或者查查百科全书！"原本想从妈妈口中得到答案的我有些失望，妈妈为什么要吊我胃口？

吃完饭后，我终于从《十万个为什么》上找到了答案，书中是这样说的：年糕在加热前硬邦邦的，一旦加热后就变得很软了，甚至拿不起来了，这是因为物质经过加热后，组成物质的基本单位——分子就会变得十分活跃，因此，年糕就膨胀了，变软了。

"噢，原来是这样的！"我自言自语道。

"我早说吧，只有自己去寻找问题的答案，你才会记得更牢！"妈妈得意地说。

　　是啊，通过了今天的事情，我不仅知道了年糕为什么加热后就会变软的原因，还知道了遇到问题之后，要自己寻找答案的道理。我觉得，科学的谜团就像水中的一个个泡泡，你弄碎了这个泡泡，那边的泡泡又出现了。以后，在我的生活中，一定会遇到很多的问题，我会一个一个地把它们破解，我要从生活中学习科学，从生活中感受科学！

蚊子喜欢黑衣人

王若男

夏夜纳凉的时候，我发现一种奇怪的现象：蚊子特别喜欢叮穿黑衣服的人。为了证实一下我的观察，我自己穿上黑衣服，让弟弟穿上白衣服，然后我们坐在门口看电视，准备迎接蚊子的到来。黑夜女神张开温柔的黑翅膀拥抱大地，精彩的动画一个又一个，我和弟弟看得如醉如痴。约莫过了一个小时，我突然觉得奇痒无比，我解开黑衣，不看则已，一看吓一跳，全身到处可见红红的斑点，哎呀！蚊子什么时候光临过了，我兔子似的跑进房里搽"宝宝金水"去了。

后来，我就去请教见多识广的爸爸。爸爸笑着说："傻孩子，你怎么想到舍身喂蚊的？想知道蚊子为什么要叮黑衣人吗？请自己动脑筋解决问题！"哼，不说就不说，这还难得住我这个天才小机灵？我灵机一动，找来了《新编十万个为什么》，一头扎入书中，哗哗地翻寻起来，可还是找不到答案。就在我绝望时，不料在最后一页竟然找到了答案，这真是踏破铁鞋无觅处，得来全不费功夫，我高兴极了。

原来蚊子头顶生有一对大眼睛，几乎占去头部的三分之二。有趣的是，这对大眼睛上又有许多小眼睛，科学家把它们叫作"复眼"，这种眼睛不光能分辨物体，还可以区别颜色，以及光线明暗度。蚊虫多半喜欢弱光，尤其在夏秋之季，蚊虫都尽量躲避强光。黑衣服的光线比较暗，就成为蚊虫追逐的对象；白衣服反光强烈，刚好能驱避蚊虫。

哈哈！原来如此，可恶的蚊子竟然如此重黑轻白。大家都要记住，夏天可不要学我一样穿黑衣服，舍身喂蚊喽！

我发现醋能去除茶垢

梁世拥

醋能使菜变得味道鲜美，醋也可以使鱼刺软化，最近我还有一个新发现，醋还能去除杯子里的茶垢！

记得有一次过节，爸爸请同事到我家来做客，玩了一下午，客人们都回去了，妈妈叫我把几个杯子洗干净，我爽快地答应了。拿起杯子来到了厨房，我先用手使劲擦，擦不干净，又用刷子用力刷了刷，可是杯子里的茶垢就是去除不掉。我急得挠头，嘴里不停地嘀咕着："唉！到底有什么办法才能把茶垢清洗掉呢？"我皱着眉头，开始冥思苦想起来。突然，我想起老师好像说过，醋酸对茶中所含有的叶绿素有极大的清洁作用。我想：醋酸能够去除茶内所含有的成分，那么醋也可以除去茶垢吧？我怀着试一试的心态，拿来一瓶醋，把醋倒入杯子内，用旧牙刷开始刷，刚刚轻轻地刷了一下，被刷过的地方立刻就变得洁白如新了。眼看着这一个个脏兮兮的杯子被我刷洗得闪闪发亮，心里真为我的这个发现而感到自豪。妈妈也不失时机地表扬我："只要你善于观察生活中的点点滴滴，就会有所收获！"我得意扬扬地对妈妈说："妈妈，你知道为什么醋可以清除茶垢吗？"妈妈被我问住了。

我一本正经地对妈妈说："我告诉你吧，因为醋内含有一种名叫醋酸的成分，醋酸对叶绿素有极大的清洁作用。就是这个简单的道理。"妈妈对我竖起大拇指，夸我从小就爱动脑筋。

我要告诉世界上所有的人：只有尝试，才能有所发现！

109

我发现了一个秘密

岳昊博

人们都知道狗的鼻子十分灵敏，殊不知，在动物界中，猪的鼻子同样也很灵敏。

放假的时候，我和妈妈去姥爷家，就遇见了这样的一件事情，使我对猪鼻子的灵敏性有了更进一步的认识。

我们一进门，姥爷就对我说："昊昊，快去看看吧，咱家后院的老母猪又下了三只小猪崽儿。"我一听，高兴极了，飞奔到了后院。往猪圈里一瞧，可不是有三只小猪崽儿吗？其中的一只黑眼睛的小猪崽儿显得格外醒目，柔顺而黑亮的猪毛，像披了一件黑绸缎。

我眉头一挑，计上心来。瞅准机会，一下子把那只小猪崽儿从猪圈里抱了出来。说时迟，那时快，只见那只老母猪"蹭"地站了起来，把我吓了一跳。老母猪用两只猪蹄狠狠地刨着地，摆出一副决战的架势。这时的我，心中只有一个念头——那就是跑！我抱着小猪崽儿，撒开两腿，使劲儿往前跑，后面的那只老母猪也不甘示弱紧跟不放，最终，它还是在离姥爷家不远处的砖场找到了我。

在砖场，我和老母猪玩儿起了捉迷藏。老母猪一进砖场，先四下看了看，一看没有人，它就立刻趴在了地上。我屏住呼吸，心里暗暗高兴，心想它可真是一只笨猪啊，自己的孩子还没有找到，就趴下休息。谁知，老母猪趴下来不是休息，而是在寻找小猪崽儿的气味。它一点一点地逼近了我的藏身地，吓得我连大气都不敢出。最后，我跑进了一间屋子里，我亲眼看见，老母猪也嗅着味道跟了进来。没有办法，我只能把小猪崽儿放下来，还给愤怒的老母猪了。这时我已经迷路了，最后还是跟着老母猪才找回姥爷家的。

以前我在科普书上、童话书中读过关于猪鼻子灵敏的故事，还不太相信。今天的事情，让我真正见识到了猪其实并不笨，它们的鼻子相当灵敏呢！

　　我的这次经历让我受益匪浅，久久不能忘怀。动物界中还有许许多多奇妙的未知等待我们去探索、去发现，我希望能发现更多的秘密。

洗衣粉可以释放出热量吗

文雯　刘泓铄

星期天，自己在家洗衣服。先将衣服浸湿，再抓着湿湿的衣服使劲搓，可有一个脏印子老搓不掉，于是我舀了一勺洗衣粉放在那个脏印子上，又用手搓了起来，搓着搓着，手感觉暖呼呼的。唉，之前那么用力地搓了那么久，也没暖呼呼的感觉，现在怎么有了呢，到底怎么回事啊？

于是，我把衣服上的洗衣粉用清水冲干净，然后用手使劲搓衣服，可这次没暖呼呼的感觉；我又在湿湿的衣服上撒了一把洗衣粉，用手搓了起来，暖呼呼的感觉又回来了。难道是洗衣粉释放出的热量？

第二天，趁着在实验室开展科技活动的时候，我跟科学老师借了温度计，跟一名同学做起了实验。首先温度计上显示的是26℃，我把温度计的玻璃泡挨着洗衣粉，温度计上显示的仍是26℃。洗衣粉没释放出热量。

我想到洗衣服时洗衣粉是放在湿湿的衣服上，是不是洗衣粉要与水在一起才会释放出热量呢？我弄来一个小杯子，在里面撒了一些洗衣粉，又往里面加了少量自来水，当我再把温度计的玻璃泡挨着湿湿的洗衣粉时，只见温度直线上升，一下就蹿到了34℃。我猜得没错！洗衣粉和水在一起真的可以释放出热量！

可是，这又是什么原因呢？

回家后，我跟同学翻阅了很多资料，终于弄清楚了。原来洗衣粉的碱性很强，它携带的能量也比较强，当它遇到水后，化学性质变得不那么强时，就伴随着能量的释放。

原来是这样啊！通过自己的努力，心中的谜团终于解开了！

小虫子投降了

施忆婉

今天我一起床，就看见奶奶在水池边洗青菜。洗着洗着，奶奶愁眉苦脸地自言自语："唉，青菜上的小虫子真顽固，像生根了似的，真难洗。"过了一会儿，奶奶就泄气了："这么多的虫子，要是洗不干净，吃下去对身体也没好处。"看到奶奶这样苦恼，我也急了，真想助奶奶一臂之力，可怎么才能让讨厌的虫子投降呢？

我找到一本《植物》书，书中说：淡盐水能杀菌消毒，可它能不能洗掉青菜上的小虫子呢？我对奶奶说："让我来试一试吧。"奶奶半信半疑："你行吗？"我冲着奶奶神秘地一笑。

我打来一盆清水，又往水里加了两小勺盐，然后把菜叶掰开浸在水中，接下来就静观其变了。

小青菜放入盐水中不久，奇迹发生了：菜叶上的小虫子，一个个像投降的俘虏，乖乖地和菜叶分开了，它们在水中不停地蠕动，越来越快，可没持续多久，它们的动作越来越迟缓，过了一会儿，它们就直挺挺地漂在了水面上！呀，小虫子投降了！可这又是怎么回事呢？我继续看书：蔬菜上的细菌或虫子的身体组织很简单，受不了盐水的刺激，很容易死掉。那菜叶上的虫子自然就掉了下来，看来学习知识还要学会变通。

奶奶望着洗得干干净净的青菜，笑着对我说："我的孙女真厉害，这些都是从哪儿学来的啊？"我自豪地说："这当然是书的功劳啦，这就叫活学活用嘛！"

第四部分　我发现了一个秘密

小乌龟出"汗"了

虞蕾娜

我特别喜欢养小动物，妈妈帮我买了一只小乌龟，我把它养在金鱼缸里，每天照顾它。

一天，我去看望小乌龟。我给它喂食时，突然，发现小乌龟背上出现一颗颗晶莹的小水珠，可能是小乌龟的汗。这么热的天，小乌龟怎么能不出汗呢？于是我高兴地大叫起来："快来看啊！小乌龟出汗喽！"

我的喊声惊动了爷爷，爷爷放下正在看的报纸，微笑着走过来，对我说："乌龟壳上怎么会出汗呢？"我不假思索地说："天气太热热出来的呗！""那这'汗'从哪儿出来的？"爷爷又问我。我摇摇头说："不知道。"爷爷说："小乌龟出'汗'，是告诉我们：天马上要下雨了！因为空气中的水蒸气越集越多，这些水蒸气一遇到比较冷的乌龟壳，就慢慢地结成了许多小水珠。所以，当乌龟背上出现'汗珠'时，就说明天快要下雨了。"

果然，到了下午，天空乌云密布，刮起了大风。只听"轰隆"一声，远处传来一阵闷雷，大地在震颤，一片朦胧。不一会儿，雷电交加，下起了倾盆大雨。这时，我才相信了爷爷的话。乌龟出汗果真要下大雨，大自然真是奇妙。

雪的秘密

张秀莲

冬天，大雪覆盖着大地，大地上像披了一层棉被似的。一天早上，我走出门，哇！太阳照在白白的雪地上，发出耀眼的光芒。路上被人走过的地方，在太阳的照射下融化了，而没被人踏过的地方却完好无损。"咦，这是为什么呢？"我左思右想也不得其解。

夜晚，我带着这个问题去问妈妈。妈妈耐心对我说："这个问题并不难，你看，人们在夏天时都喜欢穿浅颜色的衣服，那是因为颜色浅的要比颜色深的吸收太阳光少。雪的问题与衣服问题一样，被人踏过的地方由于脏、颜色深，吸收太阳的光就多，所以很快就融化了。"我听了似懂非懂，决心自己做个实验。

第二天，我从家里弄了点黑煤渣撒在雪地上，太阳出来后，被撒过黑煤渣的地方的雪渐渐化了，而没有撒过煤渣的雪地却还没化，我高兴极了，实验成功了。

我想：在我国的一些地方经常会有大风雪的天气，给人们出行带来不便。如果人们在雪地上撒些深颜色的渣子，等太阳出来后，光照在雪地上，大雪就可以流入庄稼地，人们就方便多了。这可真是两全其美，多好呀！

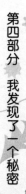

腌咸鸭蛋的秘密

朱铭鑫

早晨，妈妈从菜市场买回一篮子鸭蛋和一袋红泥土，忙着腌鸭蛋。

我帮妈妈把100个鸭蛋放进一个大盆里，用清水把外壳洗干净，妈妈用秤称了8两盐，然后将红泥土和盐放进一个小盆里，倒了点水，拌成泥巴糊，再把鸭蛋一个个放进泥巴湖里滚一下，最后小心翼翼地放进坛子里。妈妈每放一个鸭蛋，都要仔细地将鸭蛋稍大的一头儿竖着朝上放，而且码得整整齐齐。这引起了我的好奇，我问妈妈这是为什么。妈妈说："如果躺着放，将来腌出的鸭蛋黄儿都会偏到下面的蛋壳上了，煮熟吃的时候，蛋黄儿便粘住了蛋壳。而且没蛋黄儿的一边蛋白太厚，没人爱吃。"噢，原来是这样。可我将信将疑，就在妈妈快腌完的时候，我便放了5个躺着的鸭蛋做实验，并且在妈妈的指导下，我亲自用塑料袋封住了坛口。我告诉妈妈，要吃咸鸭蛋的时候，一定找我来开封。

一个多月后的一天，妈妈让我把咸鸭蛋拿出来煮熟。我把我放的那5个鸭蛋全拿了出来，并做上了记号，另外又拿了妈妈放的2个。煮熟后切开一看，果然，5个鸭蛋黄儿偏到了蛋壳一边，而另外的两个鸭蛋的蛋黄儿在正中间。

这是什么原因呢？我百思不得其解。后来我将两个碳素墨水瓶包装盒的正面挖去，分别将两个生鸭蛋大头儿朝上竖着放进盒里。到了夜晚，我用灯光照蛋壳观察，发现蛋黄果然在中间。第二天，我又将鸭蛋小头儿朝上放了一天，夜晚再一照，发现蛋黄儿离下方的蛋壳近，距上方的蛋壳远。由此我得出了结论：将鸭蛋大头儿朝上放，蛋清比蛋黄儿流动速度快，蛋黄儿虽然承受着较大的压力，但下面空间下沉不下去，只好让盐慢慢将自己腌成半圆体了。

嘿！真想不到，腌鸭蛋也有这么大的学问！.

验　毒

蔡张叶

　　放假时，我从电视剧里看见古代侠士们都用银器验毒。于是，我就拿着银手镯去做试验。

　　碗橱里只有松花蛋和臭豆腐这两样菜。我把它们端出来，把银手镯放到松花蛋边试验。呀，银手镯发黑了！不好，松花蛋有毒！我又用臭豆腐做试验，我用手镯的另一头插进臭豆腐里，然后再拔出来，结果手镯也是黑黑的。真可怕，这两样菜是万万吃不得了。为了防止家人中毒，我特意在上面做了记号，以防万一，然后才放心地出去玩了。

　　爸爸妈妈下班回家，准备好了饭菜，喊在楼上看电视的我下楼吃饭。我刚下来，就看见爸爸要捡臭豆腐吃，就立即叫住了爸爸，认真地说："菜有毒。"爸爸愣住了。看着爸爸半信半疑的样子，我焦急地解释道："是真的，我还用银手镯做过试验呢！那松花蛋也有毒。"爸爸听了哈哈大笑，他告诉我："使银手镯变黑的是硫，松花蛋和臭豆腐含有少量的硫化氢，会使银器变黑，但没有毒。"我疑惑地说："武侠片里的人们不都是用银子验毒的吗？难道银子一点作用都没有吗？"爸爸笑了："武侠小说都是虚构的，你怎能完全相信。当然，银子也有别的用处，它能够灭菌。3克银子能杀死50吨水里的细菌呢！"听了爸爸一席话，我才放心大胆地开始吃起松花蛋。

　　看来，生活中到处都是科学，只看你有没有留意了。

第四部分　我发现了一个秘密

有趣的"姆佩巴效应"

方齐昱

一个炎热而无聊的星期天，我独自一个人待在房间里，无聊得要命。炎热和无聊像蚊子似的，在我脑门前飞舞，好像存心要来烦我。我躺在床上，思索着要干什么事情来打发打发时间。这时，目光落在冰箱上，不是打算从冰箱里拿出零食来吃，而是打算拿出几块冰块来玩，正好天气炎热，可以拿来降降温。

我立即从床上跳起来，直奔冰箱（好不容易想出一个好主意，当然兴奋啦）。当我满怀期望地打开冰箱门，充满希望的目光立刻变得失望起来——冰箱里的冰用完了！我只好自己冻些冰块。我拿出两个茶杯，倒进些凉水，可是老天偏偏同我作对，凉水只够装满一小杯。我只好装一杯凉水，一杯热水，无奈地把杯子放进冰箱里。

我回到房间等呀等，一会儿，就跑去打开冰箱门瞧上一眼，看看水结冰了没。冰箱门被我开了N次后，终于有一杯水结冰了！可这时，我发现结冰的那杯水竟然是我盛热水的杯子！我吓一跳，但又想到好像是自己记错了，我不敢肯定杯子里的冰是用热水冻的还是凉水冻的。我决定重新来试验一下。我又找来两个同样大小的杯子，并把凉水和热水分别倒在两个杯子里。我在盛热水的杯子上做了个记号后，便把两个杯子放进冰箱里。

过了许久，当我打开冰箱门时，一声欢呼响彻整个房间——盛热水的杯子里的水已经结成冰，而盛冷水的杯子则还没结冰。我感到十分惊讶，带着疑惑上网查了资料，终于水落石出了。

原来，一个叫埃拉斯托·姆佩巴的中学生在地处非洲热带的坦桑尼亚一所中学里读书。学校里有一个大冰箱，是专供学生们冻一点冰冻食品的。1963年的一天，埃拉斯托·姆佩巴在热牛奶里加了糖后，准备放进冰箱里做冰淇淋。他想，如果等热牛奶凉后放入冰箱，那么别的同学将会把冰箱占

118

满，于是就将热牛奶放进了冰箱。过了不久，他打开冰箱一看，令人惊奇的是，自己的那杯牛妈已经变成了可口的冰淇淋，而其他同学用冷水做的冰淇淋还没有结冰。他的这一发现并没有引起老师和同学们的注意，相反成为他们的笑料。姆佩巴把这个特殊现象告诉了达累萨拉姆大学的物理学教授奥斯博尔内博士。奥斯博尔内听了姆佩巴的叙述后也感到有点惊奇，但他相信姆佩巴讲的一定是事实。尊重科学的奥斯博尔内又进行了实验，其结果和姆佩巴的叙述完全相符。这就确切地肯定了在低温环境中，热水比冷水结冰快。此后，世界上许多科学杂志载文介绍了这种自然现象，还将这种现象命名为"姆佩巴效应"。在很多情况下，热水较冷水先结冰，但并不是在所有实验中都能观察到这种现象。而且，尽管有很多解释，但仍没有一种完美的解释。所以，"姆佩巴效应"仍然是一个谜。

　　哈哈，热水比冷水先结冰还真是神奇，尽管它还是个未解之谜，但我得赶紧到同学面前炫耀一下……

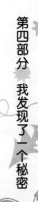

第四部分　我发现了一个秘密

有趣的蚂蚁

裴鹤菲

每天早上，我都会跟妈妈一起打羽毛球，可是今天早上我却没有跟妈妈一起去打球，而是在楼下的王奶奶家的小园里看起了蚂蚁。

我看见一只白色的蚂蚁站在地上一动不动，好像在沉思吧！这时来了两只黑色的小蚂蚁，一只又黑又胖，走起路来摇摇晃晃的；另一只呢，又瘦又小，好像吹来一阵风，就能把它吹跑。这两只小蚂蚁走上前去，拍了拍白蚁的屁股，于是，两颗豆大的水珠掉了下来，这两只小蚂蚁争先恐后地吃了起来，没过一会儿，它们就吃完了。"嗡……嗡……"的声音在我的耳边隐隐约约地响着，我仔细一看，是一只又大又黑的大蚊子飞过来了，难道它也来凑热闹？我正想着，突然，我发现刚才那两只小小的蚂蚁攻击起了蚊子！咬得蚊子浑身都是伤。蚊子无法忍受，于是便飞走了。现在，种种疑惑在我脑海里出现了，为什么蚂蚁要吃白蚁从屁股里挤出来的水珠？我知道蚊子天生就是白蚁的天敌，但为什么小黑蚁又要去保护白蚁呢？这些问题总在我的脑海里翻来覆去地出现，但我还是怎么也想不出答案来。

我带着疑惑不解的心情来到科学老师的办公室，把我在楼下王奶奶家小园里看到的都告诉了老师，随后我又把一直藏在心里的疑惑也全部说了出来。老师对我笑笑，拍了拍我的肩膀，对我说："菲菲，这么细小的事情都能被你发现，你可真是了不起！"老师的眼里充满了赞赏的目光，"为什么蚂蚁要吃白蚁屁股里挤出来的水珠，那是因为白蚁挤出来的水珠叫蜜便，那东西非常甜，小黑蚂蚁是最喜欢吃甜的东西了！之所以黑蚁要帮助白蚁打败蚊子，那是因为如果白蚁被蚊子吃了，那小黑蚁还能吃到蜜便了吗？"哦，我终于明白了，我抑制不住心里的喜悦，小蚂蚁让我明白了自然界的动物也像我们人类一样需要互帮互助。明白了这个道理，我觉得我长大了。

造一道彩虹

付欣彤

朋友，你一定看见过彩虹吧！彩虹的美丽一定十分吸引你吧！我可以教你在任何一个时间，任何一个地方自己制造出彩虹。不信，你试试看！

那是我9岁的时候，无意中发现的方法。记得那天早上，外面下着雨。我起床后，望着窗外的雨，特别期待能看到雨后的彩虹。我对彩虹非常迷恋，彩虹是那样吸引我。

"欣彤，快来呀！彩虹！你等待的彩虹！"我立刻跑了出去，一看：真的！是彩虹！赤、橙、黄、绿、青、蓝、紫，每一种颜色都绚丽无比，大自然中的任何色彩都无法与其媲美。看着看着，我心生一念：能不能自己制作一道彩虹呢？

我翻阅了《十万个为什么》，在上面找到了答案：牛顿曾经让阳光从一个小孔中透过来，透过一块三棱镜，白光被分解成了赤、橙、黄、绿、青、蓝、紫七色光带。可是，三棱镜是专供实验器材，我去哪里找呢？我失望了。

第二天早上，我洗脸时望着水面突发奇想：水有个平面，如果把镜子按一定的角度插入水中，水面和镜子的夹角是否可以起到三棱镜的作用呢？我想试一试！我把半盆水端到向阳处，让阳光照进水里，然后拿来一面镜子放入水中，让阳光能够反射到墙上。我把镜子慢慢倾斜，我等着，祈祷着，盼望着……墙上还是一无所有。我继续把镜子倾斜，大约快靠近盆边的时候，墙上还是什么也没有，我几乎绝望了。这时，忽然墙上出现了一个彩色光圈！啊！彩虹！它真的出现了！"好美的彩虹啊！"我不禁发出赞叹。

朋友们，你学会了吗？希望你也可以"发明创造"一下，这样既可以欣赏阳光的美，还可以享受一种创造的快乐！

蜘蛛的奥秘

康 皓璃

今天下午，我到外面打篮球，忽然看见从草丛中飞出来一只呆头呆脑的飞蛾，这只飞蛾只顾往前飞，一头撞在了蜘蛛网上。蜘蛛见此情景，马上向那只飞蛾爬去。到了飞蛾身边，它从尾部抽出一根丝来，缠住了飞蛾的腿和翅膀，一圈、二圈、三圈……蜘蛛不停地缠着。大约过了两三分钟，飞蛾的脚便再也不能动了，只剩下两只翅膀轻轻地扇着。这时，蜘蛛从嘴里吐出一种黏液，使飞蛾变软，然后慢慢地吃起来。

趁它吃时，我赶忙把球送回家，又忙着跑出来看蜘蛛。这时，我发现那只飞蛾还在网上。"刚才不是被吃掉了吗？怎么还在这儿？"我想着，用一根木棒把那只飞蛾打下来，发现它已变成一个空壳。我立刻跑回家查找《十万个为什么》，原来，蜘蛛吐出来的黏液是一种酵素消化液，它能将虫体的内部组织完全变成汁液之后再吮食，所以蛛网上的飞蛾就剩个空壳了。

我又想：为什么别的昆虫粘到网上就不能行走，而蜘蛛自己却能行走呢？我又跑下楼去，在地上拾起一根木棒把蛛网捅破。不一会儿，蜘蛛就掉在地上的水坑里了。蜘蛛爬出来时，在太阳光的照射下，身上闪烁出一种光芒，哈哈，原来蜘蛛身上有一层特殊的油脂啊，正是这层油脂，让它能在网上自如地行走。

"蜘蛛侠"

冯晚锐

当你看到"蜘蛛侠"在城市中穿越时，你是不是羡慕得手直痒痒？不过那是电脑设计的结果。可是没有科技的自然界中，沟溪两岸的树间，或者两个离得很近的屋角之间，蜘蛛既不会游泳，也不会飞，它是怎样布置这张"空中罗网"的呢？

我查过资料，揭开了这个小秘密。

你常常能见到一根丝上吊着蜘蛛随风摇摆，摇摆的过程就是寻找到达对面的机会，蜘蛛就是这样聪明，借助自然界的力量，完成自己的"大业"，不过这需要耐心。

正如人们要走到河对面得架桥一样，蜘蛛若要到对面去，它就要架设"天索"，这是蜘蛛的另一个办法。蜘蛛先把丝固定于一点，自己就吊在丝上，下垂到地面，然后肚子末端一边放丝一边爬到对面的屋角或树枝上，待到目的地后，再用脚把丝收起来，收到长短适度时，就把丝固定住，这样，天索就架成了。

如同房子的栋梁要粗一些，蜘蛛在这条拟定作为蜘蛛网的支撑线上，来来回回再粘上几条丝，把它弄成一条粗"缆"。接着，又在这条粗缆下方，平行地架设第二条粗缆。等两条缆索架好以后，蜘蛛就在这两条粗缆中间织起一张网来。

看来，蜘蛛这位"侠客"在自然界中自由地穿梭也是很辛苦的呀！

另外，蜘蛛的结网行为在捕食动物中绝无仅有，属于比较特殊的类群。科学家正在研究和开发这一领域，让它们在人们的生活中发挥作用。说不定在将来我们真的可以做一名穿越城市，见义勇为的"蜘蛛侠"呢。

第四部分 我发现了一个秘密

智创隐形字

时绍雨

在小学时，我经常用一种荧光笔在课本上画重点。这种荧光笔像普通的彩笔，但写出的字很刺眼，特引人注目。

有一次，我在家中翻出一个紫外线验钞器，我就照照这儿，照照那儿。当我照到荧光字上时，那些字突然像灯一样亮了起来。一个特别的主意从我脑袋里跳了出来："当我把笔淡化到写出字来几乎看不清时，用紫外线照是不是可以看清呢？"

说做就做，我把笔头在水中划了几下，然后再写，呵，看不清了！我再用紫外线一照，哇！竟然显示出来了！我试了几下，十分成功！

我决定，以后和死党传递情报就用它了！

124

第五部分

生活越来越美好

　　晚上近7点，我听到了"……5——4——3——2——1发射！"的呐喊声，呐喊声响彻山谷，随着人们的喊声，卫星发射了！霎时，人群安静了下来，人们都屏住了呼吸，聚精会神地翘首仰望。我还没缓过神来，就听到了巨大的"轰隆隆……轰隆隆"的响声，从远方震天响起。响声越来越大，那声音犹如山崩地裂一般，大地都跟着颤抖了起来；又像空中无数个小陨石铺天盖地地向我砸来。观礼台下的停车场内，上百辆车的防盗器这时都嘟嘟地乱响。

　　　　　　　　——李纳米《此刻，惊心动魄！<——记现场

　　　　　　　　观看嫦娥二号卫星发射>》

拨打农技"110"

陆　伟

　　盼望着，盼望着，东风来了，春天的脚步近了，大地焕然一新，好像披上了新装，显得格外美丽，真让人陶醉啊！

　　舅舅是蔬菜大户，春节过后，舅舅碰上了一个大难题：新年到了，该种哪种蔬菜呢？为此，舅舅左右为难，一时决定不下。

　　一天，我在《浙江日报》上偶然发现报上刊登了可拨打"农技110"的消息。我认真地读了一遍，拿起报纸，欢天喜地地跑去报告舅舅。舅舅听了我的话，满脸半信半疑的神情，掏出手机，右手的大拇指飞快地按起来，然后又拿到耳边，清了清嗓子："喂，这里是农技'110'吗……"打通后，舅舅把自己的土地情况仔细地告诉了值班专家，专家详细了解了土地、交通等情况后，便建议他发展"浙优8号大头菜"，并耐心解释了理由。听了专家的这番话，舅舅心里好像吃了颗定心丸，激动又高兴地说："这农技110，给了我圆满答复，今年我的种植结构调整有方向了！"

　　自从舅舅听取专家建议改种"浙优8号大头菜"，村里农户也仿效种起来，舅舅已接到了好几份绿色订单，赚了一大笔钱，舅舅自豪地说："农技'110'为农民搭起了信息大平台，真是咱农民致富的好帮手！"

残疾人的生活节节高，亚克西！

尹　杭

今天早上，妈妈兴奋地对我说："有一个好消息：以后我坐地铁可以免票了！"因为妈妈在报纸上看到了最新报道，深圳地铁集团公司表示，今后凡是持有中华人民共和国残疾证的乘客乘坐地铁，一律免票放行。

知道这是怎么回事吗？原来，妈妈就是持有外地残疾证的残疾人。以前，在深圳乘坐地铁，只有本市户籍的残疾人才能享受免票待遇。现在，这个待遇扩展到了非本市户籍的残疾人也可以享受，这不能不说是一大进步啊！

这让我不禁想起妈妈带我去旅游的事儿。前些天，妈妈带我去新疆玩儿。本来以为带着残疾证是个"包袱"，没想到，在新疆的所有景点，只要出示残疾证，就可以免票。这可真是个惊喜啊，妈妈不由得高兴地说："残疾人的生活节节高，亚克西（维吾尔族语言中"好"的意思）！"

127

残疾人的待遇不光有这些，就说妈妈吧，她每年都可以领救济金。特别是在深圳，看电影，可以凭残疾证购买半票；也可以凭残疾证免费进入政府投资建设的公园、博物馆、文化宫（馆）、美术馆、展览馆等公共场所；劳动就业、创业、税收、培训、教育、医疗康复、文化体育、法律服务等方面都有优惠政策。

放眼深圳这个新兴城市，无论是在城市道路、交通设施还是在公共建筑物里，到处可以看到无障碍设计。就说我们育才四小吧，大门口的台阶旁还建有斜坡，方便乘坐轮椅的残疾人通过呢。国家对残疾人真是越来越关心了！

这真是一个美好的十一长假，因为妈妈得知了这样的好消息。衷心希望这样的好消息越来越多，残疾人的生活也越来越美好！

第五部分　生活越来越美好

此刻，惊心动魄！

——记现场观看嫦娥二号卫星发射

李纳米

2010年10月1日下午，我们早早地来到了距离发射现场3公里左右的西昌卫星发射中心青岗坝观礼台，在这儿观看嫦娥二号卫星发射。离发射现场3公里，呀！怎么离发射现场这么远？这能看清嫦娥二号卫星发射吗？

听工作人员介绍，因为火箭产生的热气将会扩散到1公里左右的地方，巨大气浪对人体会产生影响。因此，在"嫦娥二号"发射升空前，以2号发射塔架为圆心方圆2.5公里的人们必须撤离。所以青岗坝观礼台是卫星发射最佳观测点之一。哦！原来，工作人员是为了我们的安全着想呀！

我们以为自己是来得最早的，谁知青岗坝观礼台早已人山人海，热闹非凡。人们聚集在高低不平的土坝上，拍照、畅谈，我看见有人在现场搞万人签名的活动，我也写下了自己的名字，祝愿嫦娥二号卫星发射圆满成功。我远远注视着发射台，等待着卫星腾空而起那激动人心的时刻到来。这时，我发现，许多人围在一个笔记本电脑前，握紧拳头，目不转睛地盯着显示屏，好像在看着什么。我跑到电脑旁边。哇！电脑里的嫦娥二号好像就在眼前一样。哦！原来这台电脑可以看清楚嫦娥二号是怎样发射的。唉！看电脑有什么好，自己亲眼看到的才算好呢！这样，我又回到我的座位上继续等待。

晚上近7点，我听到了"……5——4——3——2——1发射！"的呐喊声，呐喊声响彻山谷，随着人们的喊声，卫星发射了！霎时，人群安静了下来，人们都屏住了呼吸，聚精会神地翘首仰望。我还没缓过神来，就听到了巨大的"轰隆隆……轰隆隆"的响声，从远方震天响起。响声越来越大，那声音犹如山崩地裂一般，大地都跟着颤抖了起来；又像空中无数个小陨石铺天盖地地向我砸来。观礼台下的停车场内，上百辆车的防盗器这时都嘟嘟地乱响。我急忙跑到观看卫星发射的最佳位置，幸好没有错过嫦娥二号发射的壮观景象。只见火箭身下先有点白烟和火光，然后白烟和火光越来越大，将火箭紧紧包围着。火箭拖着长长的橘红色火焰划破天空，直冲云霄，把天边给烧红了。红色的晚霞就像仙女一样在给嫦娥二号送行，后来火箭和嫦娥二号越来越小，消失在夜色之中。现场爆发出一阵阵雷鸣般的欢呼声，白烟逐渐散去。唯有火箭震耳的呼啸声和雷鸣般的欢呼声仍在我耳旁回荡，我的心情也久久不能平静，衷心祝愿嫦娥二号一路顺风。

从今天开始，我低碳啦

李纳米

闹　钟

"丁零零"、"丁零零"一阵闹钟声，把我从睡梦中叫醒。咦？今天的闹钟声怎么有点特别？噢！我想起来了，从今天起我要过低碳生活啦，为了减少废旧电池污染环境，昨天我特意买了个发条闹钟来代替陪伴了我5年的电子闹钟。

起床刷牙

当我拿起一管新牙膏，正要挤时，忽然想起旧牙膏再挤一挤或许还能再用一次。想到这里，赶紧找到了昨天用的旧牙膏，这管旧牙膏用手已经很难挤出来了，怎么办呢？我拿出了小擀面杖，把旧牙膏从尾到头又用力擀了一下，这下把旧牙膏擀成了"面皮"。哈哈！"擀"出来的牙膏还真不少呢！不仅够我刷一次牙，还够妈妈刷一次呢！

洗　脸

今天可不要把洗脸水误倒掉了，洗脸水还可以用来冲厕所呢。洗完脸后，当我把洗脸水倒在一个大盆里，好像完成了一件大事，心里一下子轻松了许多。

吃早点

"小米粒，今天吃什么早餐呀？妈妈去给你买。"妈妈和往常一样关心地问。

"妈妈，从今天起，我们每天一起出去吃早餐吧！"我对妈妈说。

"为啥？"妈妈不解地问。

"我们从今天起要过低碳生活啦！您每次买早点都要用掉几个塑料袋，塑料袋污染环境，出去吃就不需要用塑料袋了！"我振振有词地回答。

"小米粒长大了，知道过低碳生活啦！"妈妈夸起我来。

"妈妈你还是不要夸我了，低碳刚刚开始，还请您多多支持哟！"我不好意思地说。

我们刚下楼，我突然想起了一件事情。我噔噔地往回跑。

"妈妈你在这里等着我，我拿一样东西马上就下来！"我边跑边说。转眼间，我拿了两双筷子，很快地下了楼。

妈妈见我拿了两双筷子，不解地问："你拿筷子干什么？吃饭的地方有筷子。"

"妈妈，他们用的是一次性筷子，浪费资源！"我理直气壮地回答说。

"哦！我女儿真细心呀！"妈妈恍然大悟。

早点摊离我家还有一段距离，"我们开车去吧！"妈妈说。

"不行，开车就要排出污染大气的有毒气体，反正也不远，我们还是步行去吧！还可以锻炼一下身体。"我坚持说。

"没关系的，我们就排出来这一点儿尾气，不会对大气产生多大影响的。"妈妈说。

"妈妈，您怎么能这样想呢？如果人人都这样想，人人都这样做，积少成多，大气妈妈会受不了的。"我生气地说。

"我们家有'低碳大使'喽，快走吧！"妈妈自豪地说。

"孩子，一个人一天低碳并不难，难的是天天低碳，将低碳融入生活，融入生命，做一个低碳人。"在路上，妈妈语重心长地告诉我。

从今天起，我誓将低碳进行到底！

给课本美容

马博文

一天中午，班主任兴冲冲地走进教室，对我们说："告诉大家一个好消息，我们的课本要转给贫困地区的小朋友使用啦！今天我们来当一回美容师，给自己的课本洗洗脸，美美容，好不好？"话音刚落，同学们就刷刷刷地忙开了。

说实在的，用了一个学期，我们的课本的确有点灰头土脸了。我翻开书本，真是不查不知道，一查吓一跳，书上我乱涂乱画的"杰作"还真不少。瞧，刚翻到第二课，一面"打着补丁"的红旗就跳入了我的眼帘。在鲜艳的红旗上，这补丁特别的刺眼，它好像在责怪我不好好尊重它呢。我慌忙拿起橡皮轻轻地擦了起来。还好，补丁是铅笔画的，擦起来并不费力，不一会儿，红旗又旧貌换新颜，鲜艳夺目了。

几分钟后，我"摘"下了书中小猫帅气的太阳镜，"拿"掉了马克思手上燃着的香烟，"剃"去了张海迪姐姐"美丽"的大胡子……大功总算告成了。可是，面对"目录"上沾着的两滴墨水，我却犯愁了。我低下头飞快地思索着，嘿，有了！如果把它变成一幅梅花图不就OK了吗？我心里一阵高兴，连忙拿起画笔，三勾两描，一幅惟妙惟肖的寒梅报春图便立刻跃然纸上了。

最后，经过老师的评比，我、沈梦静和刘翔的课本被评为最佳美容课本。望着焕然一新的课本，我的脸上乐开了花，我仿佛看见山区的小朋友正爱不释手地捧着我的课本，贪婪地学习呢！

井

张诗言

　　马路上有一口井，可是没有盖子，马路上的车来来往往，很有可能掉进去。我和同学们放学时，正好看到这一幕。有的同学说："我们把井盖找回来，再盖上吧。"可是到哪儿去找呢？还是小明有办法，他说："不如我们找点东西围在井边，再立一个大牌子，上面写上：小心危险！"大家都觉得这个办法好，就分头去做了。果然过路的人和车都绕过了那口井，大家都夸小明聪明，我也挺佩服他的。

　　这口井的井盖可能是被人偷走的，没了井盖的井会给人们带来很大的危险，尤其是当盲人路过的时候，他们看不到，很容易就掉下去，我不希望看到这样的事。在城市里下大雨的时候，井水会很深，有的小孩儿会在井边玩耍，一个不小心，脚下一滑，后果不堪设想，我不喜欢这样。你遇到过这样的事吗？它伤害过你吗？你遇到这样的事又会怎么做？会像小明那样做，还是会拨打110？

　　如果再有这样的事，我还会想办法帮忙的。偷井盖的人呀，你可真是一个大坏蛋。

我给霉干菜注册商标

章琦茗

　　我的家乡在江南水乡绍兴，那是一个美丽的地方。"绍兴三乌"——霉干菜、乌篷船、乌毡帽更是享誉中外。做霉干菜可是奶奶的拿手好戏，方圆十里无人不知，无人不晓。

　　一天，一位外地客商来到我家买霉干菜，对奶奶的霉干菜啧啧称赞，在闲谈中客商问起霉干菜商标一事。说者无心听者有意，晚上，我与爸爸商量着去商标局注个商标。但商标注册还需有个好名称，这可使我为难了，我冥思苦想起来，绞尽脑汁，终于想到一个牌子——"启明星"牌霉干菜。

　　第二天一大早，我和爸爸信心十足地直奔商标局。真没想到会有这么多商品专利意识极强的人们，已经快排成长蛇了。我们好不容易才领到表格，但又有点儿刘姥姥进了大观园的感觉，一时还真是摸不着头脑，幸亏有老爸在。老爸双眉紧皱，笔走龙蛇。一阵忙碌后，终于大功告成了，我长长地松了口气。

　　由于绍兴旅游的发展，加上奶奶的霉干菜质优价廉，"启明星"牌霉干菜很快成了市场上的紧俏货，供不应求，成了我们当地的名牌产品。"启明星"牌霉干菜从此家喻户晓、名声大振了。有许多慕名而来的商家愿高价买我家的商标，但都让爸爸婉言拒绝了。

　　爸爸是个老党员，动员了村里9家贫困户生产霉干菜，还与他们组成了"互助组"，一起把好质量关，还免费让乡亲们使用"启明星"商标。望着爸爸忙碌的身影，我想我也该为别人做点事情才对。

我设计了能转续使用的课本

王凯洪

　　"课本转续使用活动"的倡议，一经提出，立刻得到全国众多少先队员的响应，在全国中小学生中引起热烈反应。

　　我作为"课本转续使用小组"积极分子，理所当然为课本转续使用奔前跑后。一天，我突发奇想：能不能自己设计一款可转续使用的课本呢？说干就干，可万事总是开头难，一连几天我绞尽脑汁，也毫无进展。正当我一筹莫展时，我偶然发现小弟在家里看他的宝贝集邮册。突然，我看见在邮票边有排圆圆的小孔，还可以用一张撕一张，非常方便。于是，我在脑中立刻勾勒出这转续使用课本的初步模样来。爸爸也十分支持我的想法，帮我找来小小细细的铁钉子，然后在旁边做起我忠实的助手来。我先找来一个空白的大本子，先设计好封面，便开始创作了。我先在本子下放一本废书作垫底，我把买来的邮票联与本子右边对齐，然后沿着小孔用力一钉，拔起钉子再放到小孔上，拿起锤子用力一锤，哈哈！又是一个洞，真的好好玩耶！刚开始，钉起来很轻松，可不一会儿，我就觉得手臂好像灌了铅，手指也变酸软，怎么也握不住小钉。哎呀！一不小心，锤到自己的手指上！一阵钻心的剧痛传来，但我仍然坚持不懈地钉。不知不觉中，我终于将小孔全部打好，啊！这密密麻麻的小孔真好看啊！这真是"谁知书中孔，个个皆辛苦"啊！我终于完成了这项小发明，一股成功感顿时涌上心头。

　　你瞧！它的纸张是那样的厚实坚固，翻开书，书的右边模仿邮票打了三排小孔，可供学生做笔记，一年用一条，用完可撕掉一条，再转续给第二位，如此循环，可转续使用4年，课本封面上还印着"课本转续，利国利民，生态环保，无上光荣"的宣传口号呢。

我最看不惯的一种现象

何佳乐

　　我最看不惯的一种现象就是吸烟。吸烟在目前似乎成为一些人的"高雅"嗜好，成为一些人言谈中不可缺少的"风度"，成为一些人交友迎客的必要"礼节"。结果导致咳嗽不止，更有甚者，牙齿、手指染成黑黄色。其实，我要告诉人们一支支烟都暗藏杀机，蕴藏着一种危害。

　　众所周知，烟中有一种有毒物质——尼古丁，随着吸烟的支数增多，尼古丁在人体沉积得越多，它会影响人的肺、肝、胃、肾、肠等的免疫功能，严重的还会导致支气管炎、肺癌等。从报纸上看到每抽一支烟寿命将会缩短5分钟，算一算，一个人如果每天抽3支烟，从20岁—60岁之间生命将会减少多少呢？

　　吸烟不仅会伤害自己的身体，还会影响周围人的健康，使不吸烟的人遭受"二手烟"的危害。

　　比如家里来了客人，每人抽一支烟，一会儿房间就变成一个"大烟雾箱"。对我来说，那可是"祸从天降"！所以，我要告诉大人们千万注意吸烟的场所，少年儿童如果经常在烟雾迷蒙的环境中生存，也会导致许多不该发生的疾病。

　　烟气还能影响环境呢！大量的烟雾扩散在空气中，使生物的生存、大气的浓度、气候的变化等遭受破坏，使环境受到严重的污染。我们只有一个地球，如果地球被污染了，我们别无去处，我可不想地球在烟雾中成长。每年的5月29日是世界无烟日，希望人们在这一天千万不要吸烟，让地球"妈妈"喘一口气吧……

让"智能加湿器"来帮忙

史国澳

我和爸爸逛超市，看到一款漂亮的盆景——里面有山，有林，有洞，还有泉水。更好看的是从山洞里还不断地飘出袅袅的云雾，让这盆景特别有"仙意"。营业员说："这是一款盆景式的加湿器。这些循环的'泉水'，流经'山洞'，就会被超声波雾化，然后飘到室内，起到加湿空气的作用。"

老爸说："我们家里的空气就比较干燥，咱买回一台摆放在家里，又好看，又加湿，应该不错。"

我提醒老爸："太贵了吧。"老爸这才看清楚标价，1800元。但是老爸却说："现在都兴花钱买健康，贵点没关系。"于是就把它买回了家。

自从有了这加湿器，家里果然不干燥了，但是"湿润"过头了——因为加湿器智能性差，空气已经够湿了，它还是不断地"吐雾"，有时我们外出忘记了关闭加湿器，一回到家就会被加湿过度的空气弄得"一头雾水"，晚上睡觉时铺盖都有湿漉漉的感觉。我就叫它"笨蛋"加湿器。老妈常常指责老爸花大价钱买回一个"废物"。后来，加湿器就被老妈给停用了。老爸很沮丧，唉，家里的空气又干燥起来。

要是加湿器有智能就好了。

有一天，我路过花市，看见一个卖花的人摆卖一种大叶子的花，花的名字很奇怪，叫"滴水观音"。

我问卖花人："这花为什么叫滴水观音呀？"

卖花人说："这种花的叶子有很强的蒸腾水分的作用，它把吸来的水分通过叶子释放到空气中，可以让室内的湿度保持在最佳状态。如果空气中的湿度过大，它的叶子就不会再向空气中释放水气了，水分就通过叶片边缘渗出来，聚成水珠，然后滴落到花盆里。"

听了卖花人的解释，我眼前一亮，呵，这不就是加湿器嘛，而且还是智能的——空气干燥时它释放水汽，空气湿度大时，它就收聚水汽。

　　我赶紧买了两盆滴水观音抱回家里。老爸一看，有些不理解："男孩子也喜欢侍弄花花草草？"

　　我告诉老爸："这可不是普通的花草，而是一台智能加湿器呢。"

　　老爸把嘴一撇，根本不信。

　　不信就不信，咱让事实说话——自从家里有了这两盆滴水观音之后，空气不干燥了，也不过度潮湿，真是干湿宜爽，让人感觉非常舒服。

　　老爸服气了，老妈笑了，都说——这果真是一台智能加湿器呀。老爸问我这两台"加湿器"多少钱，我告诉他："一盆10块。"

　　老爸吐吐舌头，又开始后悔自己花高价买回的"盆景加湿器"。通过对比，我总结出这样的经验——室内要加湿，智能很重要，"机器"是笨蛋，植物有智慧。让植物帮助我们调节室内空气的湿度，是最科学、最优化的选择，并且还不贵哟。

请 让 路

沈乾略

　　8岁那年，我上一年级，一件平常却又不平常的事让我记忆犹新，至今仍难以忘怀。

　　我过生日的那一天清晨，天气格外晴朗，万里碧空飘着几朵淡淡的白云。我从没有出过远门，也没坐过火车。妈妈说这可不行，一定要让我到外面见识见识。于是，我和妈妈来到柳河火车站准备乘火车去通化。排队、买票、上车，我感到很新奇，还故意到火车里的餐厅看了看呢！妈妈不停地向我介绍这，介绍那，并叮嘱我一些注意事项。我一边听着，一边不停地在车厢的过道上走来走去。火车上的人很多，非常拥挤。忽然间，我发现一位穿着花衣服，留着长发的男青年正在一边贼眉鼠眼地四处张望，一边用手试探着掏一位老奶奶的衣兜。我来到妈妈身边，把这个情况告诉了妈妈。妈妈急忙站起来，走到那位老奶奶和男青年中间，说了声："同志，请让路，我要去洗手间。"老奶奶挪动了身子，妈妈从他们中间穿过，假意去洗手。这时，我发现老奶奶离开了原来的位子，男青年已经不便下手了，只好悻悻地离去……

　　我和妈妈回到了自己的座位上，会心地笑了。

我想说声"对不起"

吴连珍

不知他现在是否还在扫大街，身体可好。我真的想对他说声"对不起"。

去年，我到临街住的姑妈家玩。

一天早晨，天还没亮，窗外便响起"沙沙"的声音。大清早的，谁在"作怪"，连觉都不让人睡。好不容易这声音停止了，我刚闭上眼睛，没想到这怪声又响起来了。

"声音小一点！吵死了！"我在床上向窗外嚷道。

第二天早上，我醒来时觉得很奇怪，今天怎么没有"沙沙"声了？

第三天，我起得特别早。倚窗远眺，我愣住了，只见一位老人正弓着腰，小心翼翼地拿着扫帚，轻轻地扫着，生怕发出一点儿声音，在他的身后留下了一条干干净净的大街。一阵寒风袭来，冻得我打了个哆嗦，好像被鞭子抽了一下。我真想冲下楼去，对他说声"对不起"。可是这"对不起"三个字真的好难说，直到我离开姑妈家，也没向他说声"对不起"。

从此，我每次上街都把手里的废品放到"垃圾箱"里，因为我不想让那位老人再为我扔的东西而回头重扫。

老人家，请接受我最诚挚的道歉吧：对不起！

第六部分

不吃梨子怎么知道梨子的滋味

斯老师不是说过要大胆说英语吗？于是我眼珠子一转，顿时有了主意。我偷偷地拿出胆小鬼林菲的五子棋，拉拉他的手说："胆小鬼，走，咱们找外国老师下棋去！""谁是胆小鬼？走就走，谁怕谁！"林菲被我一激，果然大胆地走向外国老师，主动说了声："Hello！"然后拿出五子棋说："Let's play！OK？"外国老师被他逗乐了，连忙说："OK！！OK！！"其他小朋友也不甘落后，有的拿出乒乓球拍，有的拿出橡皮筋，拉着外国老师的手连声说："Let's play！Let's play！"看着我们这些可爱的孩子，他们都竖起大拇指："Good！How lovely！"

——斯军令《和老外大胆对话》

创造快乐的小陶艺家

朱 蕾

　　也许你不亲自动手，你就不会知道自己创造出的美；也许你不细心感受，你就不会体会到生活的快乐；也许你现在还不知道我在说什么，但你耐心看完就明白了。

　　今天的美术课上，我做了40分钟的陶艺家。做陶瓷罐，非常有趣。一块块小小的泥巴，在每双灵巧的手中，都变成了各种各样的装饰物。而且在做的过程中，搓、捏、揉，每一个步骤都会给你带来成功的喜悦。

　　我一拿到紫砂泥，就迫不及待地做了起来，我用小刀切下一小块泥巴，将它揉成一个圆团，再用手将它压扁、压实，罐的底部就这样轻而易举地做成了。接着将紫砂泥搓成长长的细条，绕着底部盘起来。到底是刚刚上路，经验不足。我盘的时候，紫砂泥条一直会有小裂缝，严重的则会断腿折臂。我可是个急性子，当我一而再、再而三尝试，每一次都认认真真，可是最终还是次次失败的时候，我心里像有25只老鼠——百爪挠心。我心越急，就越做不好。

　　我不由得埋怨："什么烂泥巴，一点用都没有。"这时，好多同学的作品已完工了，我连忙请教同学，问她我为什么老做不好。她仔细一看略一深思，便告诉我："紫砂泥太干了，应该沾点水。"我茅塞顿开，按照她的说法去做。果然，紫砂泥条再也没有裂缝了，而且看上去很有光泽。我心里乐滋滋的。一会儿，我就将陶罐做好了。虽然在很多人的眼里不是很美观，但我却十分钟爱它。

　　我喜欢做陶艺！因为它让我品尝到了其中的酸甜。一堆普普通通的泥巴，一经过我们的手，就变成了惹人喜爱的东西！这也正是我们的生活，自己创造出来的就是最快乐的！

丹丹"受难日"

钱 桐

　　爸爸妈妈工作太忙或出差的日子，便成了丹丹"受难日"。因为家中所有的事都轮到我干了。唉，又到了周日下午。

　　我洗，我洗，我洗洗洗！不不不，不是我洗的，是洗衣机在工作。我搜出一家子蜕下的"皮"，放进洗衣机里，再倒入洗衣粉，"哒哒哒"按下按钮，洗衣机就进入全自动洗涤状态。

　　我整，我整，我整整整！趁着洗衣的空儿，我让各种东西各就各位。垃圾装进袋子里，一提，"哗"，袋子破了，垃圾遍地开花。好吧，我就先把地扫干净。当我从五楼跑到一楼，扔掉垃圾，再从一楼返回五楼时，我气喘如牛。

　　我拖，我拖，我拖拖拖！虽然已经累得大汗淋漓，我还是先把地泼湿，再冲进洗手间，扛出沉甸甸的拖把，左右挥洒，开始在地上"龙飞凤舞"。电视中不是有书法家用拖把写繁体的"龙"字吗？我这是劳动、书法"一箭双雕"！当无数个"龙"字层层叠叠、满地飞扬时，大理石地面映出了我的笑脸，呵呵……

　　我笑，我笑，我笑笑笑！丹丹"受难日"变成了父母"享福日"啦！

143

第六部分　不吃梨子怎么知道梨子的滋味

当店主的滋味

蔡逸飞

一个阳光明媚的星期天，我来到奶奶家开的百货商店里吃饭，因为奶奶突然有急事要出去，所以我临时当了一回店主。

临走时，奶奶详细地把商品价格一一地告诉了我，生怕我给记错了。我得意扬扬地想：当店主有什么大不了的，只不过把价格记住，再卖掉不就行了嘛！

奶奶刚走没一会儿，来了一位胖墩墩的叔叔，他哆声哆气地说："小朋友，给我来两袋盐。"我立刻问他："您要买什么烟？"叔叔生气地说："是盐，不是烟！"我不好意思地笑了笑，拿给他两袋盐。"一共两块钱，叔叔。"叔叔拿过盐，把钱给我便"哼"的一声走了。

接着，又来了一位又高又美的大姐姐，她看了我一眼，傲慢地说："给我一罐可口可乐。"因为我的个子太矮了，够不到罐子，大姐姐不耐烦地说："快点，不然我可走了！"我听了这话虽然很生气，不过为了把生意做成，我赶紧搬来一张凳子，拿下可口可乐给她。她付完钱，拿着可乐走了。

在我刚要坐下休息一会儿的时候，又来了一群小朋友，互相吵着要买什么，一个说要买卡片，一个说要买糖果，另一个又说要买薯条。我一个一个地拿给他们。这时，又来了一位老奶奶，我又连忙去问老奶奶要买什么，在我手忙脚乱的时候，奶奶回来了。

她看见我的样子，便说："宝贝，快休息一会儿吧！"说完就笑着一个一个问他们买什么。看到奶奶忙碌的身影，我心酸地想："奶奶为了开好百货商店，多么辛苦呀！"

第一次吃荔枝

刘瑶瑶

荔枝，谁没吃过？但我第一次吃荔枝时，可闹了个大笑话呢！下面，我就给大家讲讲吧！

有一次，我到姥姥家去。吃了晚饭，大家伙都出来纳凉，小孩子呢，聚在一起玩起了捉迷藏。这时，也是我最快乐的时候。但是，好时光不一会儿就过去了，人们也都陆续回了。唯独我们一家人想再玩一会儿，院里也就只剩下了姥姥、妈妈、小姨妈和我。她们几个闲聊着，我独自在一边玩儿，玩儿累了，刚想回家。"瑶瑶，看我买什么来了？"是舅舅的声音。远处，舅舅提着满满两袋东西向我走来。是什么呢？我忙跑去看，呀，原来是两袋满脸麻子的玩意儿，扫兴！可这"麻子脸"却散发出一种诱人的酒香味，肯定好吃，口水都流下来了，真想赶快拿一个尝尝。舅舅好像看出了我的心思，对我说："没见过吧，回到家后我再教你吃。"可我这张嘴哪还能忍得住，我生性好吃，于是，趁舅舅不注意急忙从袋中拿起个"麻子脸"逃到了姥姥的怀中。注意，小的时候，我总是认为姥姥的怀里是最安全的地方，"逃"到那儿，谁也不敢欺负我了。然后，我拿起"麻子脸"就啃。"什么呀，这么苦！"我随手就把"麻子脸"扔了。可舅舅却大笑起来："哈哈，我说要教你，尝到苦头了吧！告诉你吧，这叫荔枝，吃的时候要剥皮的，哈哈！"我不高兴了，赌起了气，但我的好奇心胜过了赌气心理，便又试着拿了一个，剥开皮，呀！果肉水汪汪、鲜亮亮、肥嘟嘟的，在灯光的照射下美极了！我迫不及待地将它吞了下去，嘿，这味儿，比那果肉的样子还美，那浓浓的荔枝香让我回味无穷。"看把你美的！"小姨妈微笑地说。我才不管这些，一连吃了十几个。"好能吃哟！"我打着饱嗝儿，拍着肚皮，自言自语道。

说到这儿，我记起苏东坡的诗句"日啖荔枝三百颗，不辞长做岭南

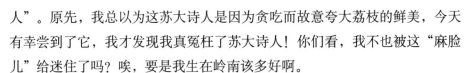

人"。原先，我总以为这苏大诗人是因为贪吃而故意夸大荔枝的鲜美，今天有幸尝到了它，我才发现我真冤枉了苏大诗人！你们看，我不也被这"麻脸儿"给迷住了吗？唉，要是我生在岭南该多好啊。

这是我童年的第一次，但人生还要经历许多的第一次，它们有的美丽，有的可爱，有的艰辛，有的却让我们大失面子，但总是令人难忘。我想，大家肯定都有许许多多有趣的第一次，我们都想讲给朋友和同学们听，是吗？

放 鸭 子

曾杨婧怡

假期里，我与爸妈一起去探望住在农村的阿公阿婆。

早晨，我听到一群小鸭子演奏的"交响曲"。我跳下床，快步跑到院子里去看这群"音乐家"。啊，毛茸茸的，好可爱呀！于是我立刻自告奋勇放鸭子。

我一路小心翼翼赶着鸭子，一面仔细观察。这群小鸭子十分可爱，浑身长着黄绒毛，显然刚孵出不久，它们走起路来一摇一摆，好像随时都会摔倒。看着这么可爱的小鸭子真是一种享受。我把鸭子赶进一块长着许多杂草的田里，让小鸭子帮忙锄草。小鸭子见这些绿油油的草，立刻"埋头苦干"起来，不一会儿，个个都吃得饱饱的。然后，它们开始嬉戏，有的用扁扁的嘴夹草玩，有的和同伴为一条蚯蚓争执起来，有的去小水坑喝水，有的在泥地里转圈，留下一串串小小的脚印……我陶醉在鸭子的童趣当中。

不知过了多久，我突然醒过神来，下意识地往田里一看，啊！糟了，鸭子全跑了。我忙向四处眺望，看见远处几个移动的小黄点，我撒腿去追，跑得气喘吁吁，终于追上了。小鸭子们还在玩儿，一点儿不知道我找它们的急切心情和奔跑的辛苦。我忙把鸭子赶回家。

第一次放鸭子，就差点交不了差！真悬，也真有趣啊！

风筝三部曲

沈银雨

心　愿

做什么呢？每到做风筝，就是我最头疼的时候了。老师也真是的，偏让我们设计一些新颖的风筝。就算"牺牲"我所有的脑细胞，除了"豆腐干"式的风筝，还是"豆腐干"式风筝。唉！真希望天上能掉下一只造型美观、新颖的风筝呀！

"叮咚，叮咚"，那几条鱼真是讨厌，偏在这时候打乱我的思路。对了，做一只金鱼风筝，金鱼离不开水，但我偏要让它飞上蓝天！

辛　苦

心动不如行动，一向性急的我手忙脚乱地去找竹刀，但是翻腾了好一阵子，这竹刀偏偏要和我捉迷藏……

我手持竹刀兴高采烈地来到了竹林里，漫山遍野的竹子，仿佛也在跃跃欲试，到底砍哪一枝呢？对了，粗的结实，就砍那枝最粗的。我来到那竹子前面，满怀"伤心"地对它说："竹子啊！对不起了，为了要夺第一，只有委屈你了！"说完，我把眼一闭，右手举起竹刀，使出全身力气砍了下去。也许竹子不愿意为我而"牺牲"吧！我怎么砍，就是砍不断。算了，饶了你吧！那棵小竹可比你大方多了，几下就被我砍断了。那时的我呀，真像一个饥饿的人找到了面包，欢喜得不得了。

回到家里，我三两下就把竹子肢解了。接下来该动手操作了。我找来一张彩报纸，绘好图。为了金鱼的"健康"，我特意用轴对称的方法剪下了金鱼。下一步该是给金鱼装骨架了。装骨架可不是一件容易的事，如果装得不平衡，就是神仙也休想把它放飞！功夫不负有心人，总算装好了。告诉你一个小秘密，那天夜里，我还做了一个梦呢，梦见我的风筝飞得最高，还飞进了云层，和飞机招手！

失　败

第二天下午，和煦的春风把我们送到了田野上。没过多长时间，许多同学的风筝在天空中纷纷亮相了。特别是那只稀奇古怪的风筝，看不出它像什么，却飞功扎实，无论"风弟弟"怎么去抓它的"痒"，它也毫不在意，一定是想让它的主人开心一下吧！再看那其他的风筝，真是姿态万千。有的聚在一起谈笑风生；有的一枝独秀，也有的在三五成群地玩耍、追逐……我看得心里怪痒痒的，要是我放，早就把它放到白云上面去了。

嘿嘿，我也不能光说不练哪，我怀着试一试的心里来到了一块"风水宝地"上。我右手拿着风筝线，左手拿着线轴，一边跑，心里一边默默地祈祷："风筝啊！体谅一下我的心情吧！请你飞得高一点！"但是没有成功！我知道光靠祈祷是不行的，因为风筝毕竟是用纸做的。还是虚心一点，向别人学习吧！经过别人的教导，我知道了是因为制作风筝的选材不同，它的轻重也不同，以及迎风的角度设计得是否合理，都会直接影响到放飞的效果。于是我把骨架尽量地放平衡一些。但是，没等我放高，它又落下了。我又叫了好多同学帮我放，帮我的风筝——大金鱼重新安装骨架，可都没成功。看来，真的神仙也救不了它了！

其实，风筝飞不高，不在于它本身，而是我缺少这方面的知识，但我相信，通过我的实践和学习，以后我一定会有一个飞得高高的可以实现我的梦想的大风筝！

割 麦 子

周娇利

6月的中午，骄阳似火，我头上歪戴着大草帽，嘴里衔着根狗尾巴草，正跟在爷爷的屁股后面割麦。

来到麦地，金黄色的麦穗在微风的吹拂下发出"簌簌"的响声，仿佛告诉人们它已经成熟了。爷爷坐在田埂上，望着黄澄澄的麦浪，美美地吸了一袋烟，然后回过头来说："利子，干吧！"

我像得到了命令似的，操起镰刀就割起来。左手抓一把麦秆，右手持镰刀轻轻一带，这把麦就乖乖地做了我的"俘虏"。就这样，一把，两把，三把……我干得可真带劲儿。可是渐渐地，不知怎么的，我的热情开始"降温"了。我觉得左手有点酸，右手有点疼，伸开手一看，哟，通红，小指根已经有了小血泡。太阳一点也不帮忙，拼命把热量往地面上发散。我吸了口气，一屁股坐在了麦把上。

"怎么啦？利子，这么快就累了？"爷爷颇有意味地笑着问我。"哼，瞧不起我。"想到这儿，我一骨碌爬起来，蛮有把握地说："怎么可能呢？我还要跟您比一比高低呢！"

说到做到，我又拿起镰刀，一把一把地割起来。太阳依然像个大火球，拼命地炙烤着大地，汗水和着麦灰，顺着脸颊往下淌，弄得人又痒又痛，难受极了。我真想干脆扔下镰刀不干了，可是一想到爷爷刚才颇有含意的笑，我不知道从哪儿又冒了一股劲儿来，拼命干起活来。

给小狗打针

于思齐

我们家的宝贝小狗欢欢，浑身雪白雪白的，非常可爱。每天我放学回来，它总会晃动着绒球似的小尾巴，热情地欢迎我。可是，有一天它突然病了，走不动路，没有了往日的机灵和欢乐。眼看它的病情一天天加重，我的心里十分难受，好像坠上了沉甸甸的砝码。

我左思右想，怎么办呢？还是看医生吧。到了医院，穿白大褂的医生说："它是吃撑着了，胃有毛病。喜欢它也不能没有节制地让它吃呀。"说完就给开了三支针剂药，让我回家给欢欢注射。等我回到家告诉大家时，大家都愣住了，谁也不是医生，谁敢给狗打针呀？大家都摇头，总不能眼看着欢欢病死吧？于是我自告奋勇，抢过针管，胸有成竹地说："我来打。"

我全神贯注地捏着针管，慢慢地靠近欢欢，谁知它好像小孩一样见到针就吓得要命，夹着小尾巴四处逃窜。大姑马上拿来欢欢最爱吃的鸡肝，和它最爱喝的牛奶，不过它好像知道我们的预谋，警惕地看着我，但还是抵制不住诱惑，一点一点地接近食物，我看好时机，针刚刚碰到它，它就使劲儿地挣脱开，还拿眼睛瞪着我，好像在说："干吗呀，这多疼呀？"

看来这招不行，大姑干脆动武力了，全家人都动手了。大姑按头，妈妈按住四肢，我一手按着它的身子，一手拿着针管。为了能让它快快好起来，我顾不上多想，闭着眼睛，用力扎了下去，欢欢抽动了一下，它一定是疼了，我赶快将药注射完，迅速地拔出针。唉，总算成功了，这时，我才发现自己出了一身的冷汗。

后来的两针打得很顺利。三针之后，欢欢的病情有了明显好转。每当我放学回到家，见它晃动着尾巴，竖起前爪，热情地扑来，我的心又像晴朗的天空一样了。

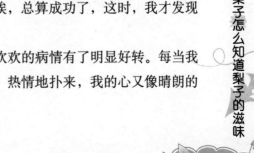

逛"冰馆"

黄冯翔

南通这个风景秀丽、气候宜人的小江南，也会有冰雕，这么新奇的事情，谁不想去看一看，长长见识呢？"六一"儿童节这天，妈妈就带我去逛了一圈儿。

在更衣室穿上厚厚的羽绒服，我们就来到了天寒地冻的"哈尔滨"。冰雕千姿百态，五颜六色，在彩灯的照耀下更加晶莹剔透，熠熠生辉。我悠闲地溜达着，来到了北京的"圆明园"，这不禁让我想起了那一段屈辱史，但想想现在中国正迈着大步走向世界民族之林，那些又算得了什么，只会让我们更加团结奋进，在世人面前扬眉吐气。既然来到"北京"，不去登一下"长城"岂不"非好汉"。我和妈妈沿着阶梯登上了长城，可是要坐橡皮圈滑下来，我只觉得橡皮圈忽上忽下越滑越快，心也越跳越快……"轰！"我从滑梯掉到了地上，又滑了好几米才停了下来，抬头一看，发现弥勒佛也在这儿安了家，真是一个大大的惊喜。你看他眯着眼，乐呵呵的，很慈祥，多看他几眼，似乎会给我们带来更多的幸福和吉祥，我站在他身旁都不想离开了……

这里真是一个冰的世界，一个传递文化的娱乐场所，古今中外的名胜古迹，神话传说，应有尽有，索菲亚大教堂、圣诞老人的雪橇……明年的"六一"儿童节你也到"冰馆"来玩一玩吧，我可以为你做导游。

和老外大胆对话

斯军令

听斯老师说，今天下午澳大利亚的老师将到我们学校来。澳大利亚？是太平洋中间的那个岛国Australia吗？来我们这个偏僻的农村？不可能吧？

下午上体育课的时候，我和佳伟正在下五子棋，突然发现操场上围了许多人，大家看起来都特别兴奋。一打听，原来外国老师真的来了。瞧！他们正在和我们班的小朋友说英语呢！好奇心促使我挤进了人群。我第一次离外国人那么近，他们金黄色的头发微微卷曲着，鼻子又高又挺，脸上带着灿烂的微笑，和小朋友们说得可起劲啦！"Hello！What's your name？"一位高个子老师摸着宾娜的头说。"I'm Alice.Nice to meet you..."宾娜回答得很流利。"How are you？"一位和我妈妈差不多年纪的背着背包的女老师挥着手对盛峰说。"I'm so so，thank you. And you？"这位平时发言特积极的"小船长"说得非常轻松。一下子，操场上成了英语的世界。可胆子小的几个同学却躲在门背后，拼命地摇着头说："别叫我！我不在，我不在！"眼睛却不时地向窗外瞟几眼。

斯老师不是说过要大胆说英语吗？于是我眼珠子一转，顿时有了主意。我偷偷地拿出胆小鬼林菲的五子棋，拉拉他的手说："胆小鬼，走，咱们找外国老师下棋去！""谁是胆小鬼？走就走，谁怕谁！"林菲被我一激，果然大胆地走向外国老师，主动说了声"Hello！"然后拿出五子棋说："Let's play！OK？"外国老师被他逗乐了，连忙说："OK！！OK！！"其他小朋友也不甘落后，有的拿出乒乓球拍，有的拿出橡皮筋，拉着外国老师的手连声说："Let's play！Let's play！"看着我们这些可爱的孩子，他们都竖起大拇指："Good！How lovely！"有的小朋友唱起了动听的歌，森威边唱动物

第六部分 不吃梨子怎么知道梨子的滋味

歌边模仿着，那样子滑稽极了。还有几个女生拿出自己编的中国结，送给了外国老师。"This is for you." "Thank you！ Thank you！"

　　虽然我们只学了半年英语，只能讲几句简单的英语，可我们要说的话却都大胆地说出来了。此时，我们的心里比吃了蜜还甜！

镰刀＋荠菜＝快乐

顾晨瑜

肥沃的黑土地孕育着各种庄稼，或是老实憨厚的马铃薯，或是亭亭玉立的丝瓜，或是小巧可人的西红柿……这些庄稼都是农民伯伯辛勤耕耘出来的，在它们的附近，还长着一种野生草本植物——荠菜。

到了立春时节，荠菜成熟了。天气很好，阳光照在身上暖洋洋的，我便和妈妈一起去挖荠菜。

荠菜很美，叶子羽状分裂，裂片参差不齐，如雪花。这也许是冬精灵临走前送给春精灵的礼物吧！

"别光看，快动手挖呀！""咦！地上长满了荠菜，但大多数都开了小白花。妈妈说："开花就证明这棵荠菜已经老了，老的不好吃，不要挖。"

好不容易找到棵又大又嫩的荠菜，我用镰刀割向荠菜的根部，"咔嚓"一声响，叶子"身首异处"，看来我挖荠菜的方法不对，这棵只好作废了。

我不甘心，就去请教妈妈。妈妈手把手地教我："把镰刀嵌入泥土里，轻轻一割，荠菜的根被割断了，这时就可以用手拔了。"我自己试了试，果然很有效，掌握了方法挖起来自然也快了。有的甚至可以连根挖出来，我不由得向妈妈炫耀，妈妈却严肃地告诉我："不要把荠菜的根挖出来，这样明年就长不出新的荠菜了，记住，索取的时候要记住感恩。""感恩……"我不断地琢磨着。

我们去时带着空的篮子，回来时载满了荠菜，载满了春天的喜悦，载满了收获的快乐，还有一个常被人忽略的道理，感谢镰刀和荠菜！

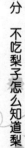

第六部分 不吃梨子怎么知道梨子的滋味

暑假回乡日记

张秋蕙

星期五　晴转多云

煤球不能烧

　　我和爸爸来到奶奶家，已经是下午4点多了。坐了三四个小时的车，真累啊。

　　晚上，奶奶让云云姐烧锅做饭，我忙跑过去，说："我来烧。"点上火，我不停地往灶里塞稻草，可是水却总也烧不开。坐在灶前，热得我汗流浃背，那烟火也欺负人，熏得我双眼流泪。云云姐过来让我歇会儿，我看到屋角有一堆煤球，就问："干吗有煤球不用非要烧稻草呢？"姐姐告诉我："因为稻草是不用花钱的，煤球是留到冬天才烧的。"

星期六　多云

裙子不能穿

　　今天，叔叔让云云姐去地里摘绿豆，我听了，也要和姐姐一起去。

　　看到姐姐穿着长衣长裤，我问："姐姐，天这么热，你怎么不穿裙子啊？"云云姐笑着说："因为下地干活很晒，长衣服可以遮太阳。"我想，戴上草帽不就行了。

　　等来到地头，我们穿过草丛时，我不由得叫起来："我的天哪，这草怎么老是划我的腿啊！"姐姐听了，笑了起来："现在你明白穿长裤的好处了吧？"

云云姐摘绿豆真快，一会儿就摘了一篮子。我摘得就慢多了，那些绿豆好像跟我捉迷藏似的，一个个躲在叶子下面，我要拨开绿叶才能找到成熟的黑豆荚。

干了一会儿，我就累得不行了。双腿也被叶子拉得火辣辣的，我赶紧找棵树，在树荫下歇息起来。

星期天　晴

衣服要挨打

早晨5点半，云云姐就起来，她喊醒了我，说去洗衣服。我揉着眼睛抱怨道："哎呀，哪有这么早洗衣服的？"姐姐说："等会儿吃过早饭，还要干活呢。"

我们端着盆和衣服，来到村外的小河边。哇，已经有几个人在洗衣服啦！我看到他们把洗好的衣服放在石板上，拿着棍子捶了起来。"姐姐，用洗衣粉洗一下不就行了，还要捶啊？这不把衣服都捶坏了？"姐姐笑了："我们下地干活，衣服上有很多土灰和汗渍，不捶是洗不干净的。"

"唉，做衣服好可怜，还要经常挨打。"我的话刚说完，洗衣服的人全都大笑起来。

第六部分　不吃梨子怎么知道梨子的滋味

喂 鸡

王承尧

小时候，我经常住在姥姥家。姥姥家在农村，那里没有汽车排放的尾气，也没有噪音，所以我很喜欢那里。姥姥家还有很多好玩的，但我最喜欢的却是给小鸡喂食。

每天早上我都会起得特别早，跟在姥姥身边跑前跑后地忙着帮姥姥"干活"。姥姥拌好鸡食就会对我说："小鸡都饿了，你去给它们喂食吧。"于是我就像得到命令的士兵似的，端着鸡食盆兴高采烈地冲到院子里，在鸡窝附近把盆放好，费力地把鸡窝门的石板挪开，然后猛地一拉鸡窝门，大喊一声："冲啊！"于是，小鸡们就挥动着翅膀发疯似的冲向门外。有的连忙冲到放鸡食的盆边独自霸占起来，有的伸伸懒腰，拍拍翅膀，搞得尘土飞扬。不一会儿，所有的小鸡都来进食，大鸡不时啄旁边的小鸡，不让它吃食；有的还站在盆边上，把盆都踩翻了。鸡窝旁边是猪圈，不时地从里面飘出一股恶臭味，熏得我连忙躲进屋子里。

过了一会儿，我出去帮姥姥拿东西，发现大部分小鸡都到院门外的大树下自由活动去了，只剩下两三只还在那里吃食，还有一只正在往外走，它们看到我出来，全部警觉地抬起了头，望着我，往外走的那只也停下脚步单腿站着四处望，然后再换另外一只脚站着望，当它们觉得安全时，就继续做它们的事了。

在姥姥家还有很多好玩的东西，在城里都玩不到，可是因为最近姥姥腿脚不好，所以搬过来和我们一起住，恐怕我以后再也不能去农村玩了。

我教奶奶学电脑

杨怿萌

　　我的奶奶虽说已是年近古稀的老人了，但她做起事来那股认真劲儿却让人佩服。

　　奶奶虽然是一位大学教授，可对于电脑这门新科技却是一窍不通。一天，我正在电脑上练习画画，奶奶看见了，竟然一本正经地对我说："萌萌，以后你来教我学电脑吧！"嘿，诸葛亮拜师——不耻下问，没办法，我只好硬着头皮答应了，谁让她是我奶奶呢！

　　我先教奶奶开机和关机，居然十二分顺利，她一下子就学会了。见她学得那么利索，我高兴地想：照这个速度，用不了两天，我就能授完所有课程了！可是我估计错了，刚开始教奶奶鼠标的运用，就卡了壳儿。奶奶的手不知怎么的，就是控制不住鼠标，心里想点这儿，鼠标偏指向那儿，连双击也不会，总是点击一下，停一下，再点击第二下，可能因为她年纪大了，速度跟不上吧。开始我还比较耐心，心平气和地说着注意事项，还握住奶奶的手带着她动，慢慢地鼠标有些听她话了，可双击鼠标，我两只手都控制不了。算了，我不耐烦地大声对她宣布："下课！你接着练吧，明天我来检查。"说完，我就抱起来一本课外书，津津有味地看了起来。而奶奶呢，却端坐在电脑桌前，不停地练双击，连晚饭都交给爷爷烧了。第二天，我来检查时，想不到奶奶运用鼠标的技巧已经相当熟练了，真不知道她课后付出了多少心血！

　　由于认真，奶奶的电脑水平突飞猛进，现在，爸妈谈电脑，她也能掺和几句了。这里面也有我这位小老师的一份功劳呢！

159

第六部分　不吃梨子怎么知道梨子的滋味

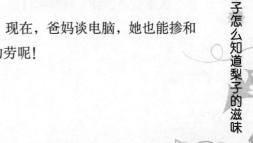

一次有意义的比赛

吕楚仪

我参加过很多的比赛，但我印象最深刻的还是故事大赛。

记得有一次，老师让我们回家准备一个故事，她说明天让我们上台讲。于是，我回家也准备了一个故事，叫《穿靴子的猫》，这个故事本来我就熟悉，再加上妈妈的指导，我讲得特别熟练。第二天同学们一个个都上台演讲了，轮到我了，我心里特别紧张，可一想起妈妈说过的话，心里就一下子放开了。讲完了，同学们都一个劲儿地问我："吕楚仪，你是怎么讲的呀？""怎么搞的，你怎么讲得那么好呀？"由于平常我不太爱展示自己，所以就连老师也很惊奇，她把我叫到跟前，说："你这次讲得不错，我让你代表咱们班去参加学校的故事大赛。"听了这句话，我心里别提有多高兴了。回到家，我急忙把这个好消息告诉了妈妈，妈妈和我一样开心，她说："我真为有你这样的女儿而感到骄傲和自豪。"

接下来的日子里，我和妈妈更加紧锣密鼓地练习。很快，到了比赛的那天，我充分地发挥了自己的能力。故事讲完了，我听见掌声一下子响起来，我感到非常激动，眼泪都快掉下来了。出去的时候，我听见别班的老师对我们班老师说："你们班的那个孩子讲得真好！"听了这句话，我心里高兴极了。

我以前并不了解自己，而这次展示使我充分地了解了自己。我想告诉大家，人生就是这样，只要你付出，就会有收获。

种向日葵

钟嘉韵

自然课下课后，同学们各自拿着一包向日葵种子高高兴兴地回教室。

种植向日葵——这是自然老师布置的作业。

晚上，回家后，我便迫不及待地拿出那五颗向日葵种子，准备泡水了。

我倒来一杯水，小心地把种子放进水里去。我想起黄老师说的话："先要把种子放进水中，泡15分钟，不能泡得太久……"

过了15分钟后，我便马上把种子从水中拿出来，接着，便开始准备花盆和泥土了。我先拿来一个花盆，用一些瓦片盖着花盆下的洞口，防止泥土从洞里掉出来，但又不可以把它封闭了，必须留下一点儿缝隙用来排水。放好瓦片后，便放泥土，我找来一些肥沃的塘泥，用刀把它劈成一块一块的，铺在花盆底，接着，我把剩下的塘泥劈成一粒粒放在上面，最后再在上面放一些营养泥，这些营养泥比较零碎，可以保持水分，不容易干裂。"唉，糟糕！"我惊叫了一声，"我忘记了应该把种子埋在多深的泥土里啦！"爸爸刚好走来，笑着说："应该埋在3厘米深。""哦。"我笑了。我大约量了一下，然后用钳子钻了一个小坑，再轻轻把种子放在里面，覆上泥土，再浇水，我多么希望种子快快发芽啊！

过了大约5天，有3颗种子发芽了！其中有一棵特别粗壮，足足有10厘米高，每棵芽苗上都长出了两片嫩绿的叶芽，多么可爱。记得我看过一本有关种植花草的书籍，上面写："当种子发芽后，如果原来育苗时位置比较窄的，就必须移苗，让它有足够的空间生长。"想到这儿，我就开始移苗了，我拿来一个勺子，在苗旁边的地方插进去，轻轻把苗整棵连根拔了起来，再在准备好的花盆上挖一个4厘米—5厘米深的洞，把苗移植好。

日子一天天过去了，苗也每天不断地长高，足足有20厘米高了，有些摇摇晃晃，我便用一根竹子支架好这苗，不让它折断。

随着芽苗的长大，泥土的营养已经供不应求了，我便找来一些肥料增加养分。

我先按照老师教给我的知识，在苗的周围小心钻几个洞子，但不可以弄伤它的根，再覆上泥土，这样，向日葵的苗就可以更好地吸收养分了。

"功夫不负有心人"，我天天都给向日葵浇水，每隔10天左右施一次肥，就这样，过了几个月向日葵终于开出几朵美丽的花了，我想花儿凋谢后，会有许多成熟的向日葵种子——葵瓜子。

实践中，我知道了种向日葵不是一件容易的事啊！要认真听课，要多看课外书，要多听教导，才能获得知识，才能掌握技能，才可以把事情做好。

第七部分

假如风有颜色

　　什么？时间加速？我愣了一下，突然太阳落山了，月亮升了起来，一会儿月亮落山了太阳升了起来，反反复复地升升落落，一刻不停，这时新闻又报道："忘了告诉大家，由于时间加速，在日历出走的第三天，太阳、月亮会升升落落，请大家原谅。"

　　天哪，一天就这样过去了！我愣了一下，突然发现又过了一天！一天天，一天天，每年变成几天，我很快就老去了。这时，我变成了一位白发苍苍的"老太婆"……

——潘凌霄《日历出逃记》

出租天气

薄冰晶

今天，在中央大街上新开了一家快乐商店。

但是，开商店有什么稀奇的呢？原来呀，这家商店不仅卖衣服、生活用品和文具，三楼还出租天气呢！你如果想知道都出租什么天气，那就看广告吧：

好消息！好消息！本店三楼出租各种天气，晴、阴、下雨、下雪等，应有尽有，如果需要，请到本店三楼洽谈。

广告刚刚挂出10个小时，快乐商店就来了一个小女孩。小女孩对商店经理说："叔叔，我们一家明天要去郊游，可天气预报上说明天雨天。"

"那你想要什么天气呢？"经理问。

"最好是晴天。"

经理按了一下"晴天"这个按钮对小女孩说："好了，明天就是晴天了，你可以放心地去郊游了，另外，祝你玩得愉快。"

"谢谢你，叔叔。"小女孩说。于是小女孩付了钱，跟经理说再见，像小鹿一样地一蹦一跳回家去了。

第二天，快乐商店来了一位农民，农民对经理说："我们的庄稼都要枯死了，我听说你们这儿能出租天气，那你能不能给我们的庄稼下场雨呀？"

"可以，现在就要吗？""对。"

"你要多大的雨呢？"经理问。

"越大越好。"农民回答说。

经理边按了一下"农村下雨"这个按钮，边对农民说："往你家里打电话看下没下透，没透可以继续下。"

农民放下电话，感激地对经理说："下透了，下透了，太感谢你了。"农民付完钱，也高高兴兴地走了。

164

第三天，快乐商店来了一位小伙子，小伙子对经理说："老板，我们家那儿的月光太亮了，我想把月光赶走。"

"月光多美啊，为什么不要月光呀？"经理问。

"你是我吗？"小伙子说。

经理连忙说："噢，不，不，我不是你。"

"你不是我你怎么知道我不喜欢呀？"

"对不起。"经理一边道歉一边问："你说的是哪个地方呀？"

"是这儿——中心广场。"小伙子说。

经理按了一下"不要月光"这个按钮，小伙子才满意地付完钱走了。

下午，经理收到一张纸条：我们请你去中心广场看文艺节目。

经理特别高兴，于是在晚上7点钟赶到了中心广场，还看到了精彩的魔术表演，文艺节目到10点才结束。聪明的小朋友，你们知道是谁请经理看的文艺节目吗？

第七部分 假如风有颜色

地球的呻吟

吕静琳

　　咳、咳、咳，大家好，我是你们的老爷爷——地球。我出生在几亿年前，居住在宇宙中的太阳系里。

　　孩子们呀，早在几亿年前，我的身体很好，很健康，可是现在不行喽！嗨！我要说的是你们。从古到今，我每天都在自转运动，并且身体强壮，没有生过病。自从孕育出你们这些儿女后，我的身体便没完没了地生病。这都怪你们！你们往我身上扔脏东西，臭烘烘的味道都快要把我熏晕过去了！你们把脏水往地上一泼，"哗"，虽然解决掉了脏水的问题，但我呢？只好请雨妹妹来帮助我。你们不断地伐树，害得我现在都没有几根头发了！我的雨妹妹生气时老是爱使劲儿"哭"，原来我还能应付，可现在呢？滑坡、泥石流……这些可恶的家伙，覆盖了我的皮肤，不让我喘气。

　　虽然你们这样，但有的儿女却对我很好，他们细心照顾我，不让我受到一点儿伤害。他们都叫自己"环保志愿者"。请你们也多多照顾我吧！对我好，就是对你们自己的保护，明白了吗？

和宇宙对话

章文晟

昨天晚上，我做了个有趣的梦。梦里，我和宇宙说了会儿话。

我好奇地问宇宙："宇宙，你能告诉我，你肚子里面有多少颗星星吗？"宇宙哈哈大笑，骄傲地说："没有人能数得清我肚子里面的星星。这可是个秘密哟。"我不甘心，又问："那你的肚子到底有多大啊？"宇宙卖起了关子："我的肚子啊，无边无际，大得很，我也说不清大小。""那你平时在天空中干些什么啊？"我又紧追不舍地问道。"每天一大早，我要叫太阳起床，可调皮的他有时还是会趁我不注意睡懒觉，害得天空中阴沉沉的；每天傍晚，我会在送月亮、星星上天玩的同时，把太阳接回家休息……可忙了！"宇宙自豪地说。"真的吗？"我有点不相信。

"你不信啊，等你长大了自己来看吧！"宇宙一边大笑，一边离我而去。

我一着急，一下子就醒了。原来这是场梦。可我转念一想只有努力学习，掌握丰富的知识，我才能弄清宇宙的奥秘。

呼噜转换器

陈 鑫

"唉！我的头真痛！"又听见妈妈的叹息声，抬头看见妈妈的脸，那痛苦的神情让我心头一阵酸痛，就知道她一定又失眠了，妈妈这半年来就没有睡过一次好觉，这是为什么呢？是因为老爸那可怕的呼噜声骚扰的。

我觉得，妈妈实在太可怜了，我一定要"救她"，不能让这个"受害者"再受苦了，因为爸爸的呼噜声我可"领教"过，那可以说得上是世上"独一无二"的呼噜，我在隔壁房间都能听见。我悄悄地跑到了他的屋子里把他叫醒，过了一会儿，他又沉沉入睡，可是呼噜声不但没有变小，反而变得更大了。难道把呼噜声制止？不，不行，妈妈说过听不见呼噜声，不太习惯。

突然，我的目光投向录音机，妈妈说过，她爱听音乐，那能不能把爸爸的呼噜声变成美妙的音乐呢？我的眼睛顿时一亮。对！就这么办！我情不自禁地为自己的想法而兴奋起来。

我用五五二十五个晚上，四八三十二个精确计算，写了六六三十六种方案，拧了七七四十九颗螺丝钉，配了八八六十四种药材，加了九九八十一个放音设备，终于制成了一个比手掌还小一点的黑颜色盒子，这对我来说是小菜一碟。

最后，我来到钢琴旁边把"哆、来、咪、发、索、拉、西"这7个音输入到盒里，至于音调嘛，这就得靠爸爸了，因为是由爸爸打呼噜声的起伏高低来决定的，我毫不为爸爸打出难听的曲子而担心。这七个音就能完成一首曲子啦！做好一切准备后，我见有机可乘，就偷偷跑到他屋里把仪器藏在他枕头的下面，只等着爸爸这位"作曲家"前来"作曲"。

夜里，我怎么也睡不着，摸黑来到爸爸屋子里，走进去，听到的不是那可怕的呼噜声，而是一阵美妙的音乐，妈妈也在这音乐中睡得甜甜的。我高兴死了，第一，是我实验成功了，第二是帮妈妈摆脱困境了。

　　第二天早上，我把我的"研究成果"告诉了他们，他们直夸我聪明。现在，妈妈再也不用为睡不着而发愁了。

机器时代的准则

王梓亘

暑假第一天，我终于摆脱了学校的校规，独自坐在咖啡厅里享受自由自在加上"乱花"零钱的快乐。正当我一边和机器人服务员聊天，一边喝着浓咖啡时，一群机器人闯了进来。从他们的外形和精良的装备上，我看出他们是机器人特种警察。所谓特种警察就是由政府直接管理的机器人警察，他们专门抓捕有"反机器思想"的人，凡是违反了《机器时代法》的人类都将受到他们的惩罚。

"把这里所有人都抓起来。"一个长官机器人说，接着十几个机器人警察把我和咖啡厅老板一起抓住了。"为什么抓我，我并没有违……"还没等我说完，一个机器人警察就用高压电棍将我电晕了。

当我醒来时，已经身在警察局的审讯室里了。"为什么抓我？难道喝咖啡也犯法吗？快放了……嗯……嗯……"我还没说完，那个审问我的机器人就用一块毛巾把我的嘴堵住了。"你叫什么名字？"他用平板僵直的声音问我。

"嗯……嗯……"

他看我说不出话，就递过来一张纸和一支笔。我不甘心，也不服气，我在纸上狂写：为什么抓我？我没犯法！放了我！那个机器人看了，正方体的脑袋都快气成长方体了。干脆，他搬出一台脑电波解读仪，但我还有办法对付他。我在心里对他说："快放了我！为什么抓我？"这下把机器人审讯员气得火冒三丈，眼睛和四肢都自动掉了下来，被送进了机器人医院。

不一会儿，他们又派来了一个机器人审讯员。这个机器人态度还不错，刚进屋就把手巾从我嘴里拿了出来，他问我："你叫什么名字？你为什么去那家咖啡厅？"

"我叫爱因思因，是德国人。至于我为什么去那家咖啡厅，理由很简单，那儿离我家最近。"我告诉他。

"你和那儿的老板是什么关系？"

"你白痴啊，当然是顾客和营业者的关系了。"

"什么？白吃？不，我吃机油都会付钱。"

晕。

"报告：这孩子两年没违反过《机器时代法》了。"另一个机器人跑进来说。

"很好，你被释放了，打搅你的假期很抱歉。"审讯员说。

"没关系，不过咖啡厅老板犯什么罪了吗？"

"是的，他在工作期间拥有工作以外的思想，并且曾经暗中咒骂机器人，如果罪名成立，每一项都是死罪。"

"噢！原来是这样，再见。""不，我不想在这儿再见到你了。"

走在回家的路上，我一直在想，那位老板实在太可怜了，只不过犯了个小错误，其实根本没错误，就要被枪决了。我实在不明白，难道拥有思想也是犯罪？现在，人类必须听机器人的话，机器人取代了人类，管理这个世界。相反的，人类成了机器人的奴隶。我记起我的前任班长被处决的事，其实她只是说了一句"机器人是人造出来的，应该听从人的指令"而已。这一句话竟使她命丧黄泉。

正当我想这些事的时候，思维空间站发现了我有不应该有的思想，几百个机器人向我冲过来，场面绝对称得上壮观。

我又一次和那个审讯员见面了。"欢迎你回到这里。你知道你刚才犯了几条罪吗？"

"没错，我犯了'议论罪''质疑机器人法律罪'以及最严重的'思想叛逆罪'。数罪并罚，我应该被处决吧。"

"是的，你既然认罪了，那就立刻执行！"

没过一会儿，我就被这堆"废铁"带到了刑场。"难道我就这样从这个世界上消失了吗？不，决不……"我对那堆"废铁"进行了最后的发问："人必须听机器人的话，对不对？"

"没错。"

"那机器人的命令来自哪里？"

"当然来自程序。"

"可是，程序是谁编出来的呢？"

"是人类的程序员。"

"那就是说机器人在听人类的话了？"

"逻辑上没有错误，可是，这……这……违反机器人法……"执行死刑的机器人在极度逻辑推理中，程序出现了混乱，突然报废了，成了名副其实的废铁。

紧接着，一个，又一个……全世界的机器人一个接一个地相继倒了下去……

假如风有颜色

肖天策

假如风有颜色，那世界一定变得更美丽，更生动，更温馨，它和大自然的景色搭配着，和四季的颜色交替着，一定是一幅美丽的画卷。

假如风有颜色，在饥荒肆虐的南部非洲，风应该是金色的。因为，在那里正有相当一部分人还在忍受着贫穷与饥饿。如果风知道，在人们饿肚子时，一定变成金色的，人们伸手便可以抓到丰硕的金稻谷，播种希望！

假如风有颜色，在战争不断的加沙地区，风应该是绿色的。绿色象征和平，每当人们因为种族问题和信仰分歧而发动不必要的战争时，一阵微风掠过，给每个人一种启发，战争———一种世间最可怕的民族运动，损人害己，使一朵朵生命之花，无情地凋零了。想到这里，人们都放下自己手中的冰冷的武器，捧上绿色的橄榄枝，化干戈为玉帛！

假如风有颜色，在终年干旱的沙漠地区，风应该是蓝色的。当人们口渴时，蓝色的风带来大海一样的浩瀚，让那沙漠变成硕果累累的绿洲，让那干涸小河流淌着甘甜的河水，让万物恢复生机，让人们清爽加倍，那该多好呀！

假如风有颜色，假如风是五彩缤纷的，一定会把世界打扮得更生动。

奇拉的故事

李佳珏

　　小女孩儿奇拉是一个纯洁、美丽的小姑娘。在她10岁生日时，她的爸爸妈妈带着她和小猫魔多一起去了外国的堪萨斯大草原中部玩儿。他们玩得正开心的时候，突然刮起了一阵可恶的龙卷风，把他们卷了起来，风里的沙子、尘埃让她伸手不见五指。最后，龙卷风把她的爸爸妈妈吹回了家，却把奇拉和小猫吹到了黑心城堡。

　　黑心城堡很久很久以前就存在了。由于年代太久，城堡已经开始慢慢倾斜。它的主人哈多尼萨是一个冷酷无情、心狠手辣、心肠极坏的老巫师。他统治着城堡里的其他巫师和为他服务的宠物们。可怜的小女孩奇拉和小猫魔多也被哈多尼萨实施了他最新发明的魔法：将纯洁的奇拉变成一个没头没脑的女巫师，将可爱的小猫魔多变成一个没心没肺的服务宠物。

　　有一天，哈多尼萨忽然想试一试他的新魔法，就让奇拉巫师骑着神奇扫帚，带着魔多猫，到空中天堂的钻石花园去偷魔力钻石。那种钻石拥有很强大的魔力，可以销毁哈多尼萨想毁灭的一切。钻石花园仙女们得知奇拉巫师要来偷魔力钻石后，有点紧张。不过，这是难不倒聪明能干的钻石花园大仙主的！大仙主决定派长相非常喜剧（身体像恐龙，头像河马，皮肤绿荧荧）的百变小使者去"迎接"她们。你可别小看百变小使者哟！它会81种魔法，72种变身法，还有百分之百的战斗力和百分之百的EQ、IQ……哎，它的优点和优势实在是太多了，真是人见人爱、粉丝多多哟！到时候大家就等着看它与巫师PK吧！

　　百变小使者出发了，它首先使了01号高级隐身术和02号定位术，在奇拉巫师和魔多猫出发5分钟后，就发现了她们的踪迹。它立刻用百合香料丝巾，像礼花射手一样，一下子就把她们拉到了五彩池里。神奇扫帚一见不妙，立刻化成一股青烟溜回到了黑心城堡。哈多尼萨明白实施在天真无邪的奇拉身上的新魔法失灵了，立即关闭了所有通向黑心城堡的通道，并使用了瞬间转移法。顷刻间，黑心城堡就消失得无影无踪了。

　　奇拉巫师和魔多猫泡在五彩池里，在五彩斑斓的色光照耀下，慢慢地恢复了原形。百变小使者明白了，趁她们还未完全苏醒，使用04号穿越时光术，把她们送回到了她们爸爸妈妈的身边。一觉醒来，奇拉说："哇！我经历了一个多么神奇的梦境啊！"

175

第七部分　假如风有颜色

日历出逃记

潘凌霄

"妈，今天几日了？"我大声地喊道。

"自己去看日历！"老妈不离电视，"新闻开始了，别吵我！"

我像小鸡啄米一样点了点头，开始翻天覆地地找日历。一分钟，两分钟过去了，我找得满头大汗，最后才想到——看手机！

手机找到了，可上面空无一字，但屏幕还发着光。"天啊！这是怎么回事！"我吓蒙了，赶紧拿给老妈看，老妈也目瞪口呆："怎么回事！"

这时，电视上播出一条新闻，主持人面色古怪："据科学家们确认：日历逃走了！同时，日历带走的，还有时间！但大家不用怕，时间没了，那我们不是长生不老了吗？"

长生不老？我一听就乐了。可第二天（是看太阳月亮估计的时间）我看镜子的时候……

"妈呀！"我看到镜子里的人就吓了一大跳，"这是我吗？这哪像个13岁的人啊！"这时，隔壁的房间也发出了一声惨叫，我立马过去看。还没有走进房间时，就听见老妈大叫："我有那么老吗？"走进房间，只见床上坐着一位老奶奶（其实是我妈）。老妈吓了一跳，以为我是小偷，大喊："你是谁，干吗进我家？"我愣了一下："老妈，我是霄霄啊！"争论了好久，我们才解决了谁是谁的矛盾。

第三天，刚起床，我就跑去看镜子，发现自己比以前更老了！打开电视，此时正好在播放新闻。只见主持人面色极其恐慌："大家好，现在播的是×月×日（日历出走，人们不知道是几月几日）的新闻。许多人反映自己变老了，于是警察去调查，没想到人人都变老了！据科学家们分析，这是日历和时间在'捣乱'——时间加速了！目前，日历和时间这样做的目的人们还不清楚……"

什么？时间加速？我愣了一下，突然太阳落山了，月亮升了起来，一会儿月亮落山了太阳升了起来，反反复复地升升落落，一刻不停，这时新闻又报道："忘了告诉大家，由于时间加速，在日历出走的第三天，太阳、月亮会升升落落，请大家原谅。"

天哪，一天就这样过去了！我愣了一下，突然发现又过了一天！一天天，一天天，每天变成几年，我很快就老去了。这时，我变成了一位白发苍苍的"老太婆"，这时新闻又播出了这样一段话："大家好，欢迎收看今天的新闻。科学家们根据一些线索，找到日历，才明白日历出走的原因：由于许多人浪费时间却还一直看日历，日历受不了这种当'模特'的生活，约上也受不了'模特'生活的时间（那些人也一直看时间）出逃了。经科学家们好言相劝，日历才被说服，注意，再过一天的时间日历就会回来！"

一天其实很短，很快，桌子上就有一本日历。我不禁流下两行热泪："日历啊，你终于回来了！"当一看到是几年的时候，我差点晕倒：2099年！

177

第七部分 假如风有颜色

太阳公公想结婚

索 笑

太阳公公在宇宙中生活了几十亿年了，孤孤单单，他感到非常寂寞。他很想成个家。找个老伴。

太阳公公想成家，想找老伴的消息震动了整个宇宙。

地球上的动物们特别热情。它们想到太阳公公日复一日，年复一年为他们无私地送阳光，给温暖，为了表示感谢，都想亲自为太阳公公挑上一位意中人。

有一天，红娘们不约而同地聚在一起，夸自己物色的对象好。小白兔说："月亮婆婆文静温柔、勤劳、美丽，她嫁给太阳最合适……"他们正各执一词，夸自己物色的人好，突然一阵急骤的马蹄声由远而近，只见刺猬翻身下了马，不让马在草地上吃草，却把马牵往沙地，拴在一根小木桩上，红娘们惊愕不止。小白兔急急地问："你这是干什么？"

"有什么办法呢？你们难道没看见吗？"刺猬不紧不慢地说："我要教马儿吃沙子。"

"你疯了，马儿哪能吃沙子？"红娘们把小刺猬说蒙了。

"唉！有什么办法？从古到今，太阳公公只有一个。现在如果一结婚，就会有成堆的孩子，肯定长得和爸爸一样。爷儿几个都射出灼热的光芒，会将一切烤焦，寸草不留。到那时候吃什么！因此，现在我趁太阳公公没结婚之前，趁早教会自己的马儿吃沙子。"

红娘们一听，不错！大家都拍着自己的脑袋："哎呀，不得了，我们怎么想不到这一点呀，差一点儿办了一件大错事呢！谁都要活命呀！"红娘们拍拍屁股都走了。

这事儿，不知不觉传到太阳公公耳朵里。他觉得羞愧极啦，他无脸见大家了，就偷偷地躲到大海里了。这一躲，糟啦！大地漆黑一片，太阳公公不出来，人们怎么生活呀？大家千求百拜要求太阳公公从大海里出来，但他不愿意。

这时候，从院子里走出一只大公鸡，他安慰大家说："大家不要慌，大家不要慌，我有办法叫太阳公公走出大海的。"

大公鸡不慌不忙走到一个山冈上，高高地抬起头，放大嗓门唱起来："喔喔喔，太阳公公没脸见人啦！"

太阳公公一听，火冒三丈，我没偷没抢，为你们服务了一辈子，怎么没脸见人？我倒要看看谁在这里乱嚷！于是太阳公公红着脸慢慢地从海里探出头来。它越升越高，就这样，太阳公公又射出光芒照亮了大地。

从此以后，尽管太阳公公不愿意，但只要每天早晨公鸡一唱歌，太阳公公就会红着脸从海里探出头来。

第七部分 假如风有颜色

太阳来了我家

李超然

什么？太阳来了我家？这一定是你看完这个标题而发出的惊讶。这可不是我乱吹，这是真事，不信你听。

去年7月份的一天，那天烈日当空，毒辣的太阳发射出刺眼的光芒。妈妈说晚上烙饼。到了晚上，妈妈正要动手烙饼，突然，一道闪电划破了天空，跟着是几声雷响，顷刻间，下起了瓢泼大雨。紧接着屋里变得一片漆黑，停电了。同时，我的窗前出现了一颗大红球，红球有鼻子、眼睛和嘴巴，还有一双手。哎，这不是太阳公公吗？我忙把窗户打开，他一下子进来了。进来后，他的身子明显红了许多。我关上窗户，他一下子蹿到我眼前，说："谢谢。"我结结巴巴地问："你……你是谁？""我是太阳，今天真倒霉，竟碰上了雨。"啊？它还会说话，我不是在做梦吧。我又问："你咋这么小呢？""我能大能小。"

爸爸妈妈闻声赶来了。太阳又自我介绍了一番，爸爸妈妈听后瞠目结舌。我们和太阳都熟悉了后，太阳说想在我家避一下雨，我答应了。

妈妈说："完了，今天晚上我们不用吃饭了。"太阳自告奋勇地说："把饼放在我的脑门上，我来烙。"妈妈将信将疑地试了试，真行。就这样，妈妈烙了20张饼，才用了5分钟，而且饼的味道相当好，比世界上任何一位特级厨师做的都好吃。但太阳没吃，他说他从来不吃东西。我们又玩了捉迷藏，太阳把我家所有用太阳能的东西都充上了永远用不完的太阳能。

由于我们忘记了时间，月亮早都高挂在天上了。只是因为太阳在我家，他无光反射是一片漆黑。太阳说既然回不去了，明天再说吧，于是我们睡觉了。

第二天早上，太阳临走时对我们说："谢谢你们的一晚照顾，但昨晚的事，千万别告诉别人，我会常来你家的。"说完，便从我家西边的窗台上冉冉升起。不知你们可否想象一下，当时人们首次看见太阳从西方升起时，表情会是什么样。

第七部分　假如风有颜色

我曾经是一棵树

孙晓宇

我曾经是一棵树，有挺拔的身躯，葱郁的头发，牢固的根基，有令人羡慕的一切。

我曾经是一棵树，生长在土壤肥沃、山清水秀的地方。

我还有不少同类的伙伴，什么松树、柏树、桦树等，它们也曾像我这样过着幸福的生活。

可恰恰在我们欢聚一堂，庆贺我六十大寿的那天中午，几个年轻的小伙子，扛着锋利的斧头，将我的朋友们一个个地砍倒。轮到我了，他们瞪着被欲望烧红了的眼睛，挥动利斧，将我当腰斩断，然后将我碎尸万段做成筷子送上了餐桌。人们用我来夹菜，当把我弄得满身油腻后，又将我扔到了垃圾堆，让我忍受着蚊虫的叮咬。

人类啊！难道你们不能将我们留下，让我们来净化空气、美化环境吗？难道你们不能将我们留下，让我和我的朋友们成为防止沙尘暴的一道屏障吗？

人类啊！当你们再看到那些纸张、筷子的时候，千万别忘了，我们曾经是一棵树……